在孤獨的日子裡，我選擇不當過客

給曾經或正在漂泊的你

七天路過

著

獻給

所有和我一樣正在漂泊或曾經漂泊的你

在孤獨的日子裡，也要堅信夢想一定會發光

目錄

3

和這座城相互成全 171

※ **編輯部註**：為方便閱讀，書中之貨幣、面積、重量等皆已換算為臺灣常用之單位。

/自序/

謝謝你，我最親愛的自己——給十八歲的自己

十八歲的七天：

你好呀！很難想像吧，我是二十五歲的你，跨過七年的時光，遙望在歲月那頭的你，竟然有點語塞。讓我來想一想，當時的你正在做什麼呢？

你剛剛上大一，對這個新鮮的世界充滿著好奇，和同學坐著車票七八十塊的綠皮火車來北京，第一次看到了王府井和鳥巢。你忍不住感慨：北京真大，北京的人真時尚，這才是你夢寐以求的國際大都市。你穿著一件臃腫的羽絨衣，戴著一頂略顯稚嫩的帽子。正值冬天，你呵著手，嘴裡的熱氣冒出來，你還興奮地跟大家在王府井流光溢彩的建築物前拍照。

看著那麼青澀的、充滿無限熱情的你，如今的我簡直像極了一個世故的大人。

你有我再也回不去的天真，但我有你終究能抵達的成熟。

十八歲的你一往無前，赤誠熱烈；但卻並不清楚自己能成為什麼樣的人，能做什麼樣的工作。

你對新的環境感到無所適從，一方面，你努力讓自己融入大學這個集體；另一方面，你為沒能去到理想的大學而倍感遺憾。如果高中三年的苦讀換來的結果僅僅如此，那大學四年，還要全力以赴嗎？

你迷茫了，也迷失了。

你開始享受這所大學帶給你的自由和無拘無束，你偷偷地蹺課去市中心的大商場逛街；你會跟同學一起在寢室追韓劇到淩晨，還會熬夜為韓劇裡的童話愛情流很久的眼淚。

你不想不合群，也不想面對自己前途未卜的未來。這一次，還應該為了那一點渺茫的微光而向前奔跑嗎？

大一的時候你參加考試，遇到不會的考題，偷偷瞄旁邊同學的考卷，小聲地問，這題要選哪個呀？走出考場的時候，一臉懊惱地說：這次的考題怎麼那麼難啊！完了完了，這次肯定要被當了。

你不好好複習，卻又不願意為自己的懶惰負責，以為走捷徑也能得到好成績。可是你不知道啊，當時那些最難的習題，與你以後遇到的艱辛曲折相比，根本不值得一提。

人生並不存在什麼捷徑，如果你覺得有，只是因為活得還不夠久。

你必須正視你走過的這段彎路，如果你能更早地看清自己，能做的就不是抱憾，而是儘早地向前方走，或許今天的我，就會過得更從容些。

但選擇並不是那麼簡單，哪怕到了三十歲能氣定神閑、鎮得住場的時候，我們也應該坦誠面對十八歲時的避重就輕和無知無畏。

是從什麼時候開始想通的呢？或許是從大二那場英語能力檢定開始的。這一次你只差三分就能通過了，你不甘心，你不甘心匍匐在命運面前承認自己的失敗。

那年夏天，你終於坐進了圖書館，為了英語檢定做了一份又一份的模擬題，只為拿到那一張薄薄的證書。你為了一張證書焦慮的樣子，在二十五歲的我看來，有點小題大作，但我還是要謝謝你，正是因為你的堅持和努力，我才得以成就現在的我。

我不得不說，我愛你。

愛你不撞南牆不回頭的倔強。

愛你從不隱藏的真誠。

愛你那麼勇敢地抵擋著時間的腐蝕，一步步艱辛地跨過障礙；儘管迷茫，儘管曲曲折折、彎彎繞繞，還是有點執拗地追尋著你喜歡的一切。比如寫作，比如愛情。

我一直在猶豫應不應該告訴你，你十八歲的時候喜歡上並且想跟他共度餘生的那個男孩，你們兩個最後沒有在一起。但是很快你就會知道了。

我也能跟你打包票，他現在還在你的好友名單裡，偶爾為你的動態點讚。至於他有沒有戀人、是不是結婚了，彼此都默契地沒有提起。

或許感情就是這樣，身在其中時永遠要予取予求，只有放手之後，才能客觀且理智地看對方、看自己、看未來。

你第一次失戀的時候，蒙在被子裡哭了好久好久，覺得很難再遇見喜歡的人了。如果二十五歲的我走到你面前，一定會對你說：「你會尋得所愛，可是在這之前，請你先堅強起來，找到自己。」

二十五歲的我，也常常會在後臺收到很多女孩的留言，她們講一些小事情，一些很平常卻讓她們的生活翻天覆地的事；她們在縫隙裡摳蛛絲馬跡，最後問：「你覺得他是真的喜歡我嗎？」

每每這時候，我都會想起你。你當年的感情也很辛苦吧，你覺得自己需要愛情、需要救贖，需要一個人來把你帶到更好的生活裡去。

而後來你也的確抵達了更好的生活，但靠的是你自己的力量。

你比你想像得更強大，也比你期待得走得更遠。你開始比誰都相信自我成長的意義。你學會為你理想的 Mr. Right，活成了 Miss. Right。

有時候我待在這個屬於自己的房間裡，捧著電腦出神，這裡的一切都不簡單，也不容易。燈紅酒綠，無限夢想，你也成了這五千萬空巢青年中做夢的一員；雖然這並不意味著你會過上更好的生活，但依舊值得讚美。

我原以為十八歲的你，會想留在小城市、早日結婚生子，過你向來喜歡的「歲月靜好」的日子。

你嘗試過，但失敗了，你發現你的心裡終究還是有跳躍著的火苗，你喜歡「遠方」和「未來」這樣充滿了儀式感的東西。你希望以自己的方式成長為更好的人，哪怕你為此付出的代價，是別人的質疑和不解。

既然不能拼爹，就拼命吧！你咬咬牙，把所有的恐懼放進了心底，一腔孤勇，一只皮箱，就來到了北京。

所謂青春是最好的時光，不過是長大成人之後的臆想。你所處的當下，沒有錢、看不到未來、不夠漂亮，甚至連戀愛都搖擺不定。所有的事情都像沉重的砣，墜在你的生命裡。

你會覺得自己快要掉進深淵了，你與深淵互相凝視，而它也已經向你張開了懷抱。

堅持理想比放棄理想要艱難得多，與你同行的好多朋友，他們因為這樣或那樣的原因選擇了另一種更為踏實、穩當的生活，有責任，也有道義。這種放棄仍然是可貴的，但是人生就是這樣弔詭，一旦你放棄了，就很難再有機會翻盤。

日子雖然穩當，人人希冀的都是幸福美滿；可你又深深地意識到，我們的存在，也不僅僅是為了幸福。

你在十八歲的時候鄭重其事地寫下：「我最大的夢想，是有一天寫一本書，上面有『七天路過』的署名。」

你隱隱約約覺得，這雖然是遙不可及的，也並非不能實現。

十八歲的你找不到可以實現夢想的路徑，但依舊在寫。你寫了幾篇之後寫不出來了，便停下來看書，有靈感了就繼續寫，故事、書信、小說、隨筆，一次次試著找到出路。

你在有限的年齡裡，期盼著無限的可能。

而現在，你十八歲的夢想，終於被二十五歲的我實現了。

當這一切到來的時候，好似也沒有光華交匯的閃光燈照耀，我只是在收到合約後簽了字，然後把合約用快遞寄回到了出版公司。

一切的氣壯山河，不過是奮力拼搏後的水到渠成。

這一天陽光很好，我沏了一杯茶，泡著苦澀卻有回甘的茶，像泡在一天天的日子裡。我打開了電腦，不經意點進了社群空間，我已經很多年沒有去回望當年的你了。

我失去了曾經渴望被別人關注的心情，只一心奔著自己每天的目標追趕去，但我還是在回望來路的時候，看到了當年的你。

你青澀、懵懂，帶著無知者無畏的傻女孩氣息；你坐在電腦前、坐在圖書館、坐在教室裡、坐在實習公司的辦公桌前，等待著歲月為你揭曉答案。

謝謝你，我最親愛的自己，謝謝你選擇了以自己的方式長大，讓我明白了，所謂夢想，也並非觸不可及的東西。

/ 1 /

ONE

大大的城市，小小的我

北漂三年，我過得怎麼樣了？

我是在二十二歲那年來到北京的。

不是為了愛情，也不是為了親情，大概只是因為北京是離我最近的夢想之都。

人是願意為了夢想跋山涉水的，更重要的是：在年輕的時候，我們認為夢想高於一切。

我收拾了兩天行李，走的那天在廊坊的車站包了一輛私家車，車主不停地問我：「小妹妹，你東西多不多？咱們千萬不能超載啊，不然會被罰錢的。」

我忙說：「不多不多，一定能裝得下。」

路上過安檢的時候，車主一邊抱怨一邊想對策：「小妹妹，你的東西實在太多了，等下查車的要是過來了，我就說你是我妹妹，我送你上學。不過要是真的被罰錢的話，你得自己解決啊。」

我捏了捏自己的錢包，跟車主說：「沒問題，你只要負責把我送到北京就行，罰錢的話我負責。」

還好，安檢很順利。我鬆了一口氣，覺得這個美好的開始，好像意味著北漂生活會一路順利下去。

1

剛到北京時候的房子是朋友幫我找的，在傳媒大學地鐵站附近。租的是一間平房，洗手間和盥洗的地方都在外面。這和我想像的北漂不一樣，但還好，我可以接受。一開始總會有點苦，但我相信不會一直這麼苦。

每天下班我都需要從繁華湧動的人潮中向外走，走到五環之外，換三段地鐵，再坐一輛電動三輪車，回到那個可以稱之為「家」的住處。

分租的房東阿姨很好，她會告訴我在哪裡買生活用品，哪裡的餐廳好吃，偶爾也會敲門遞進來一塊西瓜。那言笑晏晏中，有我學不會的知足和歲月靜好。

但平時相處中，也能聽到房東阿姨和兒子一家人的言語爭吵，模糊中聽出來是因為兒子賺得不多，要二老資助買新房，也能聽見房東阿姨溫和地勸說道，一家人就這麼住著不也挺好的嗎？

「好什麼呀，你看一個月房租才能收那麼點錢，連孩子上學都發愁，難道一輩子就只能在這個五環將就了？」有一天阿姨和兒子在院子裡吵了起來。

我一下子被「將就」兩個字擊中了，我來北京，也不是為了在這個連室內洗手間都沒有的村子裡消磨時光啊！

我開始害怕，害怕在這個小房子裡平庸下去、害怕這城郊之外的平房裝不下我熱烈的夢想，也害怕這瑣碎的日子消磨我的鬥志。

深夜裡讀綠妖的《北京小獸》，周雲蓬在序裡寫道：「北京不允許你打盹。你稍微一感慨，或者一走神，你的箱子就舊了。就有新人像森林裡的藤蔓一樣，從你的身邊悄悄地攀上來。」

而我印象最深的是綠妖借著女主角的口吻在文中說：「你知道嗎，每天晚上我都想辭職，可是每天早上，我都告訴自己：去上班，穿上你最貴的衣服，把他們都鬥垮。因為我想知道我到底會變成什麼樣。」

在北京這樣一個偌大的、冷漠的、缺少愛情的城市生活，需要的就是適應孤獨、習慣孤獨，需要的就是這樣頑強的生命力。

我當時還沒跟男友分手，但感情搖搖欲墜，常常一個月只見一次面。他帶我去吃飯，固執得從來不讓我付錢，也固執得不跟我談未來。

但我不像從前那麼害怕感情失敗了。我知道，要在北京生存下去，從頭髮到心腸，都得慢慢硬起來，做好孤身一人、提劍奮戰的準備。

我的解決辦法尤為笨拙，就是加班。我瘋狂地做方案、找資源，想辦法認識行業裡優秀的前輩們，業務能力奇跡般地在短時間內得到了主管的認可，然後提前轉正，並且有了自己獨立負責的圖書專案。

晚上回到家的感覺，就像聖修伯里筆下的小王子又回到了他的小星球上。只是屬於我的星球，沒有玫瑰花，有的只是一片猴麵包樹。但我不會像剛來的那段時間那麼無助，不會動不動就在床上哭，也不會再一次次地自問為什麼要一個人跑到這個大城市，我能得到自己想要的嗎？

闖過最辛苦無望的那幾個月，我收穫了第一個百寶箱：任何想知道的答案，只跟自己要，不跟這個城市要，也不跟愛情要。

當年年底，我拿到了公司頒發的新人獎，還有一筆小小的獎金，再加上年終獎算是一筆可觀的收入。於是，等過完年再回北京的時候，我換了房子、搬了家，從東五環搬到了北四環。

我自嘲，我果然變成了精明、功利又世俗的女子啊。但是我在心底告訴自己，真是喜歡你這樣為生活精打細算，眉目間野心勃勃的感覺。

和初來北京時不同，我在租車軟體上預訂了一輛車：「大哥，我要搬家，我要最大的廂型車。」這次，我再也不怕車會超載了。

「終於算是都市人了啊。」這次搬家像是一個里程碑，標誌著我的北漂生活有了小小的改善。

2

一個人在北京的第二年，我換了房子，開始自己做飯、健身的日子。儘管這次還是跟別人合租，但我依然覺得滿足。我是帶著悲觀主義的樂天派，相信在每個不夠完美的情節背後，總有著隱藏的獎勵和未知的驚喜。

我所做的工作屬於出版行業，既是因為熱愛，也是因為覺得終其一生，自己也逃離不了文字的表達與救贖。它是我孤獨時候的避難所，也是我日常小確幸的生產地。

為了把寫作的事業發揚光大，我關注了很多文章平臺，在下班回來或是週末的時候，會特地帶著電腦在咖啡館泡上一天，把它們的投稿電子信箱匯總起來，再整理好自己寫過的文章，一個一個地用電子郵件投遞過去。「嗖」一下點擊發送鍵，像是給另一個宇宙投遞求生信號。

大概發送了十幾封郵件後，我收到了一個平臺的回覆：「可不可以幫我們寫專欄？」

收到郵件回覆的時候，我正坐在床邊，然後一下子蹦了起來：「太好了，太好了！」

於是，我開始給這個平臺供稿，寫音樂專欄，寫民謠故事，從老狼、許巍到楊千嬅、孫燕姿，我會為了寫好一個音樂人的故事去找好幾個小時的素材。有時候改稿到凌晨一點多，每個月寫三四篇，所得的稿費僅僅可以維持生計，但這樣的一份兼職寫稿工作，讓我看到了閃閃發光的未來。

人就是會被這樣或那樣的轉機打動的，我不愛北京，北京也不愛我，但我覺得我們可以互相成全。

慢慢地，機會多了起來，有過被網紅轉載的文章，也有了被仰慕已久的平臺約稿的經歷，稿費也從八百元漲到了兩千元。最忙碌的那個月，我寫稿的收入竟然超過了本職工作的工資。但同樣在那個月，我的熬夜紀錄從淩晨兩點延長到四點，只為了寫一篇急件的稿件。

同時，我負責的工作專案開始變多，一個月有三分之二的時間都在加班。加班和外送是一對好伴侶，有次吃完外送，我站在公司的視窗向下望，我看見北四環的高架橋和霓虹燈。

我看見燈紅酒綠，聲勢浩大，萬盞燈光，無數夢想。

我暗暗在電腦上寫道：「我喜歡這樣的北京，這裡有迷失的靈魂，也有倔強的人生。活在這個城市裡的你，擁有著無數可能性。」

借用廖一梅的話說：「我不知道自己到底想要什麼樣的生活，但我知道自己不要什麼樣的生活。」

我不要舒服，不要安穩，不要一眼望得見頭的乏善可陳。

但凡有一點點底氣，去工作吧！我一遍遍告訴自己，看看金融卡餘額，把行動電源充到滿格。

人要有那種揪著自己頭髮，把自己從泥地裡拔出來的力量，哪怕是獨自一人，哪怕一事無成。這個城市不就是拿來給人做夢的嗎？

好像就這樣，我忘記了一些生活中最初感覺到的困難，一個人工作、回家、走在路上、坐到車裡，跟女性友人逛街，偶爾跟男孩子約個吃飯。

但改變並沒有期待中的那麼快。有時候不是北京辜負了我們，是我們把太多的奢望放在了這座城市身上。我們覺得只要來了這裡就會高人一等，會迅速升職加薪，實現自己的人生夢想。

所謂的新生活沒有如我預料的那樣快速到來，一切都在四平八穩地緩緩前進。那些近況上裡出現的月入四十萬的奇跡，那些四處旅行走走停停的漂亮女孩，依舊離我很遙遠。

北漂的生活不是魔術師的手，不能迅速地為你鍍上光環；也不是美圖秀秀，不能給你的生活加一層夢幻的濾鏡。

你不能著急，一著急就完了，一著急就會焦慮、猜疑，拖著行李箱走來走去。走進某個男人住的飯店裡、走進某個導演的懷裡，或者走回你來時的車站。

但依舊有很多人走進來，很多人走出去。走進來的人提著一個皮箱，叫青春；走出去的人也提著一個皮箱，叫妥協。

北京，是吞噬了無數人青春的永不乾涸的他鄉。

3

第三年最開心的事，就是搬出了合租屋，擁有了自己一個人住的房間。

我從淘寶買來了懶人沙發、書架和衣架，然後在深夜裡，一個人一遍又一遍地組裝。劉瑜說什麼來著？嗯，一個人要像一支隊伍，不氣餒、有召喚、愛自由。

一個人躺在懶人沙發上，看著用吸塵器打理乾淨的地毯，什麼都不想，藍牙音箱放著歌也不必管多大分貝。

在某一個瞬間，我覺得我愛上了自己。不那麼優秀的自己，不那麼努力的自己，不那麼光彩照人的自己。

我原本以為這樣的一個自己在北京不過是個魯蛇，但是到了第三年，我終於心平氣和地意識到，我可以不依靠任何人，不討好任何人，就能得到快樂。

我原諒了自己七百多個日夜的孤單和寂寞，原諒了自己的敏感、焦慮、深夜痛哭和感情裡的愛而不得，原諒了我固執又盲目地跟家人反抗，又一往無前、亂打亂撞地生活。

北漂給一個女孩最大的禮物，是真正的自我接納。

一開始，我是用生存的本能來適應這個城市；再後來，我是用努力和焦慮來對抗這個城市；到現在，我終於可以用快樂和自由，來感知這個城市。

我啊！我不要成為隨隨便便就放棄的人啊。

這一點光明的愛意，是我對這個城市的獻禮。

身邊有很多跟我一樣北漂的女性友人，我們偶爾一起吃飯，去後海酒吧聽歌，相約咖啡館加班。我們最常討論的事情除了工作，竟然是感情。

有朋友說，做為一個物質生活和精神生活都能自我滿足的大齡女子，時間久了，也沒有戀愛的欲望了。考慮起兩個人的生活，反而比單身要付出更多勇氣。

但其實無所謂，戀不戀愛、結不結婚，終於變成了沒那麼要緊的事。

一個人北漂到了第三年，我終於為自己找到了一種能夠堅定而且獨自地活下去的方式。

有小夥伴邀請我一起經營平臺，我覺得很好。我們合作得很愉快，每週都在寫稿子，身體裡流淌著新的欲望和野心。

健身有了效果，我有了隱隱約約的腰線。偶爾自己做飯，守著電鍋聽著粥一點一點沸騰的咕嘟咕嘟的聲音。

我想我終究是幸運的，被命運吆五喝六之餘，還是找到了這個生存遊戲裡隱藏的獎勵，比如每一天用一點時間來愛自己，培養自己跟自己玩的樂趣。

我不覺得每個女孩都必須要用北漂來為命運下注，但像我這樣有一點好奇心和挑戰欲的，我挺想跟觀戰的她們說：別怕，它沒那麼恐怖，也沒那麼幸運。它不確保你能收穫什麼，你只能投身其中，找到自己想要的。

你想要錢，就去賺錢；你想要名利，就去名利場；你想要眼界，就去體驗；你想要成長，就去磨鍊。

只要你自己覺得快樂，人生何其美麗。

是的，在北京，誰也救不了誰，誰也不愛誰，每個人都在嗷嗷求生，看似熱絡卻無暇顧及彼此，然而又能怎樣呢？

哪怕痛苦掙扎、遍體鱗傷，他們一無所有地來，也許還會一無所有地離開，北漂青年們依然在愛著，依然在活著。

我的地鐵生存手冊

1

每天早上從關掉鬧鐘的那一刻起，我腦海裡浮現的最重要的事，就是計算離到達地鐵站還有多少剩餘時間。

如果是一個小時，我就可以慢悠悠地盥洗，熱一杯牛奶，然後不慌不忙地走到地鐵站，哪怕是等兩趟才能擠上去也不會晚。

如果只剩三十分鐘，我就要一切以加速度進行，哪怕頭髮睡翹了也只能用手指蘸著冷水壓一壓，然後以最快的速度奔向地鐵站，放包，安檢，刷卡。刷卡時那「滴」的一聲，象徵著新的一天提上日程，然後跟自己說一句，春宵苦短，繼續前進吧。

能不能擠上早晨尖峰的地鐵全靠運氣，我需要從熙熙攘攘的人群中殺出一條血路，才能抵達自己想去的上班地。

如果是在七點到八點半之間出門，地鐵的擁擠程度可以用煉獄來形容，如果在八點半之後，則能稍稍與早晨尖峰擦肩而過，得到一點點喘息的空間，但仍舊不能放鬆警惕，因為轉乘站最容易有一大波人蜂擁而至，而那一縷翹起的頭髮會被擠得更翹。

在北京地鐵裡，人們缺失的是尊嚴感。擠地鐵就像一場戰鬥，你要像一個原始人一樣衝進去、擠進去，必須去佔領生存的高地。

但是地鐵上的女人們，無論被擠成什麼形狀，都描著眉、塗著顏色各異的口紅，前一秒可能被擠到想爆炸，下一秒又會滿腔熱情地投入戰鬥。

我不愛北京地鐵，可是它已經成為我生命中很難剔除的一部分了。

我必須時刻保持著戰鬥狀態，衝上去。

2

中國有兩種地鐵，一種叫北京地鐵，另外一種叫其他地鐵。

北京地鐵是每個觀光客必拍照打卡的地方。因為它的擁擠，也因為它的盛大；因為它的前所未有，也因為它的獨一無二。

有人說：「北京太大，太多人、太擁擠、誘惑太多，人太容易迷失。北京地鐵就是其中一個縮影，讓人身處其中，不知東西。」

早晚尖峰的地鐵承載著北漂們的夢想和事業，所有頑強的生命力，都在擠地鐵的時候得到了爆發。

可能一平方公尺的空間要擠七八個人，可能早上剛剛買的豆漿在擁擠中灑了一地，可能你擠上了地鐵，下車後會帶著旁邊的時尚女郎「薰陶」給你的滿身香水味接受女友的質詢，可能你會被穿著黃背心的大媽們像包粽子一樣推進人滿為患的列車裡。

如果說擠地鐵也算是一種朝聖的話，我想每個人都匍匐在這條路上感慨萬千。

很多人因為見識過北漂們的地鐵通勤而選擇遠離北京，也有一些人，因為這龐大的系統而看到了未來。

很早以前聽過一首歌，叫作《十點半的地鐵》：「十點半的地鐵，每個人都有了座位，溫柔的風輕輕地、輕輕地、輕輕地吹，身邊的姑娘，胖胖的她，重重地靠著我睡，我沒有推，我不忍心推，她看起來好累。」

我想告訴大家的是，不管你有沒有在北京，如果聽到了這首歌，請自動忽略吧！

北京的地鐵，別說到晚上十點半了，就算到十一點都不一定有位置，尤其是貫穿了亦莊和天通苑的五號線。如果你想體驗北京地鐵的話，五號線是絕佳的選擇。

這條線上有名聲在外的北漂大本營「天通苑」，也有日益繁榮的「亦莊」，從東單轉乘可以走到每個觀光客必去的天安門與王府井，從宋家莊轉乘是南三環北漂們的大本營，從東四轉乘能看到最原汁原味的北京胡同，從雍和宮轉乘可以去京城中傳說最靈驗之地祈願。

如果你不選擇轉乘，則可以從北京的最南端坐到最北端，等待你的天通苑，是知名的「睡城」，它安頓了無數人的溫柔鄉，為他們養精蓄銳，等待新一天的「朝聖」。

我剛來北京的一年內，每天都要完成從八通線到一號線再到五號線的轉乘。四惠東站是我的噩夢，在工作日內，原本只需要一百公尺左右的轉乘路線被幾個鐵架圍成限流的走道，我得被人群推促著要走上五分鐘，才能到達轉成的位置。

彷彿每一個人都生活在地鐵的縫隙裡，小心翼翼，又行色匆匆。

地鐵煉獄能帶給大家唯一的好消息，大概就是新站或者新轉乘點的開通。這意味著有些人的上下班時間可以縮短五分鐘，或者居住的地點幸運地升級成「地鐵沿線」。

要知道，在北京，「地鐵周邊」的房子，無論是租還是買，在房市都有著舉足輕重的位置。每一個需要排隊才能上去的站，都彰顯著它重若千鈞的「江湖地位」，和每一個北漂對它們的青睞。

在北京生存中最重要的一步，就是從地鐵中存活下來，無論在車上的空間多麼令人感到絕望和難受，走下車來，甩一甩頭，你還是要走進生活裡去。

3

「請站到黃色線以外候車，不要靠近地鐵。」

「能上的趕緊上了，這位同志你往裡面走走，這趟地鐵還能上一個人！」

「人滿了，別擠了，等下趟吧！」

你在地鐵一定見過說這些話的人，他們通常穿著黃背心，一副經驗十足的模樣，無論是多麼滿當當的列車，他們總是能像變魔法似的再往裡塞幾個人。這些在車廂門口站立的地鐵服務人員，他們也被稱為「地鐵推手」——負責在擁擠的車門外，使勁把乘客推進車廂，以確保能及時關好車門，保證車輛安全通行。

有老北漂們編寫過一本《北京地鐵生存手冊》，裡面提到擠上地鐵的要領之一是：「先將腳放入車內，雙手抓上方扶桿，發力將全身送入。」

有人在用「生命」坐地鐵，也有人用「生命」在趕地鐵。據說幾年前，在十號線上有一位乘客死於安全門和地鐵的空隙間，她每天坐五號線轉乘十號線到公主墳站，然後毫無徵兆地，在一個與平常無異的工作日，成為新聞上的一個名字。

我在上班路上滑到了一則有人擠地鐵擠到骨折的新聞，據說北京地鐵承擔了一成的責任，賠償了兩萬元。因此每一次轉乘的時候我都格外小心，想著哪怕是被遲到扣掉兩百塊，也比骨折花費上萬塊錢要划算。

我曾因為公司聚會到深夜，而去趕過最末一班的地鐵，走到進站口處，卻聽到廣播聲說「開往××方向的已無車」。第一次遇到這種狀況的我向工作人員求助，無措地問他我還能不能進站，他已經沒有耐心回答，只搖了搖頭。我捏著手裡的錢，感覺到心一下子就碎了。

我只好鼓起勇氣去路邊攔車，擔心的不僅是要多花幾百塊錢，更是在深夜行走時，一個獨身女孩的安危。

此刻，地鐵的擁擠在我的腦海裡蕩然無存，唯獨記得它的便利與安全。

4

北京地鐵見證著一個城市的眾生相。

吹拉彈唱的行乞者，或許就是在二環內有房，年薪上百萬的人。工作時他們雙腿癱瘓，眼神黯淡又絕望，舉著的紙牌上寫盡了他的悲慘身世，旁邊還有一個小盒子用來安放大家給他的憐憫，同情的分量，就是他一天的工資。回家路上，他或許就是一個帶著拐杖的步履輕快的人。

在地鐵月臺擁吻的年輕男女，或許是在見最後一面。在二號線相遇的他們，或許會在四號線分開；在十號線複合後，也有可能在五號線告別。

地鐵裡的上班族統一低頭劃拉手機，上下班通勤，大家基本都靠手機打發時間。也許在這其中，有一個不知名的作者正在為自己的新小說打字到最後一章。他不確定寫作能帶給他什麼，帶給他的，或許正是在這個狹小空間裡的充實感。

來來往往的人群摩肩接踵，但總有一群人守候在地鐵口，從早到晚。他們叫賣著襪子、衣服、手機貼膜、藏族首飾、鮮花，跟著是煮玉米、麻辣燙、水果、臭豆腐、房屋仲介、私營計程車。

有時候下了地鐵，我會買一束花用來告慰一整天的忙碌，勿忘我、百合、玫瑰，以及種種叫不上名字的鮮花，只需要八九十塊。賣花的大叔在同一個地鐵口待了半年，到後來，他總會主動拿最新鮮的那束花給我。

每一列地鐵經過的地方，都是一個江湖。

每一個從這廂地鐵換到另一廂地鐵的乘客，都是趕路人。

在呼嘯而過的地鐵上，我突然想起了那首歌的最後一段：「等到了站，下了車，餘下的路還有好長。」

北京地鐵，彷彿是每一個生活在北京的青年的宿命。

你討厭它、喜歡它，對它留戀、對它絕望；但最終，你還是離不開它。是當初離家時不顧一切的倔強，柔軟了我們今日融入城市的模樣。

穿過地鐵時，旁邊那個男孩耳機裡放的是《一個人的北京》。他看上去不到二十歲的樣子，但眼神裡有著多重欲望，關於青春、希望、理想、愛情。

還沒被地鐵煉獄打敗的我啊，一定可以在地鐵的來回穿梭中，找到屬於我自己的路。

哭著吃飯的人，是能夠笑著走下去的

1

對北京的記憶，幾乎都是關於食物的記憶。

從傳媒大學的滷豬腳和肉夾饃，到北四環亞運村的牛肉火鍋和麻辣燙，它們總是在記憶裡飄著香，提醒著我與這個城市的酸甜苦辣，愛恨情仇。

剛來北京的那一年，我住在一個朋友姐姐給找的房子裡。房東從山西攜家帶眷而來，在傳媒大學旁邊開了一家肉夾饃店。

我喊房東娜姐，她是個典型的北方姑娘，說話乾脆俐落。一家五坪多的小店被她歸置得乾淨整齊，連一個小小的窗戶，她都買了壁紙來裝飾。在北京周邊的平房裡，她依舊保持著生活的體面，即使是做為一家小店店主，她都成了方圓百尺內活得最恣意的一個。

早上醒來刷完牙洗完臉後，我在平房的院子裡一哆嗦，冬天的冷風吹在臉上，瞬間就清醒了。我收拾完之後走到路口，跟娜姐打了聲招呼，便帶著一個肉夾饃去趕地鐵。

地鐵總是特別擠，要等上至少兩趟才能擠上去，如果碰上尖峰期的限流，就會在彎彎繞繞的柵欄裡走上好久。旁邊的人都滑著手機，面無表情，生活似乎沒有了值得慶倖和悲傷的事情，只是等待著一個又一個擁擠又無措的日子。

這個時候，肉夾饃的香味從包裡散發出來，不那麼濃烈，卻告慰了在等車中焦慮不安的自己。

我抱緊了自己那並不名貴的包，盯著左上角的指示牌，在「列車即將到站」的地鐵廣播中，一次又一次地重拾起對生活的信心。

我仍舊記得來北京吃的第一頓飯，以及那個陪我一起吃飯的前任。

那是一家在北京某個細微的骨骼處盤踞的小店，有著半舊的招牌、黯淡的桌面，和並不柔軟的椅子，它像北京街邊任意一家謙虛又不上進的小店，並不熱情地，半推半就地接待了我們。

當時的男朋友帶我找到了房子，幫我搬了行李，兩個人在街角的小店裡吃蘭州拉麵，沒有覺得日子有多苦，但也清楚並不簡單。

後來每次吃蘭州拉麵，我還是覺得香、充實。雖然它不夠高級，也並非珍饈，但仍是我的心頭好；像過去不完美的愛情，在饑腸轆轆的時候，依然值得惦念與感激。

所有在感情中的茫然無解和愛而不得，終究會成為更加穩當和自知的心情。陪你吃飯的人換了，可是那曾經得到的治癒感和飽腹感仍在。

有的人，只能陪你走一段路；有的食物，卻能夠承接年深日久的懷念與成長。

2

在我開始工作的第二年，我從東五環搬到了北四環。手上的工作逐漸步入正軌，但也有新的困難和挑戰湧上來。夏初的夜晚，等我下了公車走到社區門口時，大多數小店已經關門了，仍還有兩三間亮著燈的餐館，慰藉著像我一樣的都市夜歸人。

那段時間，我在工作上太過於關注自己的進度，跟合作同事的關係變得緊張，主管 Alice 把我拉進辦公室裡談話：「職場上最重要的不是你做得多好、多優秀，而是要懂得團隊作戰比個人出頭更重要。你需要試著跟同事更加客氣。」

我低著頭說好，但是心裡還是覺得委屈——我還沒吃晚飯，加班到現在，可是其他人都早就下班了。Alice 看著我快要哭出來的表情，溫和地說：「你不要那麼堅硬，你要學著軟下來。」

她是我在北京遇到的第一個主管，也是讓我成長最快的主管，同為九〇後的她在工作中雷厲風行，在日常中又格外溫和柔軟，情商極高，是那種能讓人信賴且讓人願意為他賣力的老闆。

我揣著 Alice 語重心長的建議，繼續趕完當天的工作，十點多打卡離開公司，匆匆趕到公車站坐最末班公車回家。

下車後，我走進社區附近一家有牛肉火鍋的小店裡，綠色的蔬菜和牛肉在湯裡咕嘟咕嘟，我坐在最裡面的座位上，一邊吃一邊掉眼淚。這城市那麼大，可是能讓你痛痛快快哭一場的地方真的很少，獨自吃飯的小店，算是一個。

一開始的時候，我覺得一個人去吃飯真是羞恥，連身影都看起來格外孤獨，還要注意著店員會不會暗暗側目自己，臉上會不會浮現著一種「你好可憐」的同情。

但是多經歷幾次加班、多經歷幾次失落，便會覺得一個人去吃飯是難得的體驗。你能有一個安靜、自在的環境，來默默估量著自己的得失，計算著腳下的，以及明天的路。

從店裡出來的時候，我接到了媽媽的電話。

「你回家了嗎？」

「還沒呢。」

「怎麼這麼晚還不回家，我們得多擔心你呀。」

「我剛下班，今天有事加班了。」

「怎麼加班到那麼晚呢，怎麼回來的呀，吃飯了嗎？」

「我坐公車回來的，偶爾才加班這麼晚，平時很早就下班了。嗯，我吃過飯了。」

「你吃什麼呀？」

「我已經快到家了，先不跟你說了。」

我匆匆掛了電話，說不清楚為什麼突然有流淚的衝動。她身在千里之外，並不知道我每天都在忙什麼，她只能根據時間來推斷我有沒有吃飯、有沒有到家、有沒有上班。

就算我一時是情難自禁哭了出來，她也只能在電話那頭著急地說：「那你回家來，好不好。」

我不能說，也不想說，哪怕就著晚餐吞咽下去，也不會把其中的艱辛說給家人聽。

除了深夜裡的小飯館，家裡打來的電話，溜到脖子裡去的徹骨冷風以外，北漂生活還有什麼呢？還有找不到出路的生活，乏味而焦灼的日子，以及看起來永遠也忙不完的工作。

這一切的一切，構成北漂生活的冰山一角，而裡面深埋的，是一個女孩對於未來和光明的期待。

3

搬了三次家後，我新租的房子裡終於有了乾淨的廚房。柴米油鹽醬醋茶，一下子構成了另一種生活——穩當，溫暖，自癒，自足。有廚房的日子帶給我更多的信心：無論世界變得多麼陌生，我都有能力餵飽自己。

我喜歡下班後拐個彎去超市買菜的感覺，在挑挑揀揀中找到自己最心儀的食材，在叮叮噹噹的準備後，起鍋熱油，煎炒烹炸，不消一小時，一頓熱氣騰騰的飯菜就呈現在飯桌上。

平時下班的時間，我會用電鍋定時熬粥，或者煮一份手擀麵，等起鍋的時候再倒兩滴香油，暫態香味四溢。

到了時間充裕的週末，我喜歡買排骨或五花肉來燉，守在廚房裡，等著香味一點點地散出來，時不時會打開鍋蓋來看看肉上色的程度，就好像一切美好可期，所有的焦慮都在那一瞬間被驅散。

在食物裡，常常能看得到時間的力量。曾經被自己厭惡的那個脆弱、猶疑、不自信、不確定的我，在食物面前變得強大起來。明天和將來，都是充滿變數的，但值得慶倖的是，我還可以把握住現在。

有一次要做酸辣藕片，我貪戀媽媽在家做的味道，於是撥通了電話，讓媽媽一個一個步驟地教我，儘管到最後做出來的味道還是差了點，但是我和家人的聯結，似乎因為一道菜而變得更緊密了點。

我開始意識到，即使是在不夠如意的生活裡，也應該讓自己綻放出一點點光芒；那光或許並不閃亮，只是一點點微弱的光，但是不會熄滅，足以帶著自己往更加光明的前路上走去。

所謂的成長並不是艱巨或偉大的事情，而是由一個個渺小的瞬間構成的：是失戀後流著眼淚卻懂得了不打擾；是工作不順時滿腹心酸卻反思著自己如何能做得更好；是即使很辛苦的日子裡，也懂得讓自己吃飽飯，得到來自食物的支撐。

曾經哭著吃過夜宵的夜歸人，也會笑著走到屬於自己的未來。

人在北京待的日子久了，就偏愛一些湯湯水水的食物，彷彿能把自己所有的快樂和委屈都放進了食物的湯汁裡，一口一口地咽下去。人生海海，無限況味，都融化在這一餐一飯中。

人生是沒有指南的，食物才是安身立命之根本，人生自是有情吃，辛酸苦辣，你我都將一飲而盡。

那些寂寞卻又相同的人生啊，總是在一碗蛋炒飯、一份拉麵、一份壽喜鍋中擁有了無窮的力量。

不經歷租房，不足以談漂泊

一個人在大城市搬多少次家，才能真正地留在這裡？這個問題似乎沒有一個明確的答案，我還在嘗試，在探索，在押一付三❶的租房中逆流而上，奮力前進。

1

二〇一三年的夏天，我來北京實習面試，借住在朋友琳琳家裡。那兩天的時間裡，我第一次全方位直觀地感受到了北漂們是如何租房，如何生活，如何用力地想要在這個城市紮根下去的。

當時琳琳租了三環邊上的一間小小隔間房，這間四房的房子被分成七個房間，客廳有兩個暗隔，琳琳和另一個男生平分主臥，算是明隔。明隔比暗隔唯一好的一點，就是還有半扇窗戶，暗隔則完全沒有窗戶，琳琳是在工作一年後才從這個房子裡的暗隔換到明隔。

琳琳的房間非常小，小到放了一張床之後，連兩個人同時站立的空間都沒有。說是隔間，其實只是一層薄薄的木板，房間的隔音效果幾乎為零，聲音不需要很大，只要正常說話，隔壁就能聽得很清楚。

1｜押一個月的押金，再一次付三個月的房租。

深夜，我和她躺在床上，我壓低了聲音問她：「你這個房子這樣不太安全吧。」

她輕輕告訴我：「主要是便宜。反正只是用來睡覺的，也沒什麼要求了。」

「可是為什麼不租得遠一點呢？」

「你不懂，地鐵通勤真的太耗費精力了。我寧願住得簡陋一點，也要離公司近一點」。琳琳是我在一個文案群組裡結交的朋友，說話輕言輕語。當時我在群組裡說要來京面試時，她非常熱情地邀請了我，說自己租了個小房間，不介意接待我。

大學畢業後她獨自一個人來到了北京，本來打算體驗一兩年工作就回老家的，可是做了保險行業後，發現努努力真的能賺到一些錢，於是鐵了心要留在北京。她看起來溫柔乖巧，但是內心很堅硬。

她當時的房租租金是六千八百元，比我實習的工資還高。去年年底，她存了二十萬，全部寄回了家裡。

琳琳說第一次交房租的時候一下子要交三萬塊，沒有積蓄的她只好去向朋友借錢。那個月她沒有出去吃過一次飯，靠著泡麵和老乾媽❷熬了過來。

過了一會兒，她輕輕說了一句：「如果這個季度業績好的話，我準備換個房子，接我媽來北京玩幾天。」

我回答她：「一定會好的。」

第二天，她六點多便起來盥洗。薪資豐厚，伴隨的便是早出晚歸，她說早上八點前就要到公司。盥洗完後趁著大家還沒起床，琳琳把前一天下班後沒來得及洗的衣服放進洗衣機。隔間沒有陽臺，她洗好的衣服就晾在洗手間。

2 — 中國知名辣椒醬品牌。

我們下樓去社區門口的早餐店，吃了四十幾塊錢一籠的包子，買了兩碗小米粥。她問我夠不夠吃，我說夠了夠了。

她笑著說：「這還是最近幾個月來第一次來店裡吃早餐，平時都是買了直接帶走。」

第二天我面試回來時，在門口等她到晚上十點，夜色中她迎著社區裡的唯一一盞路燈朝我小跑過來：「對不起啊，今晚又加班了。」

我問她：「那這個月業績應該還不錯吧？」她笑了笑，又重重點了點頭，帶著我踩著老舊的樓梯，走向那個所謂的「家」。我在她的笑容裡，看到了未來的模樣：我們可能都會苦一陣子，但不會苦一輩子。

2

或許是因為那個毫無隔音效果的房間給我留下了太大的恐懼感，我剛畢業的那一年沒有選擇來北京，而是留在畢業的那座城市做了一份編輯工作。

畢業後租的第一個房子，是一間精準測量後不到三坪的小屋子，剛剛好能放下一張床、一張桌子和一個衣櫃。如果有朋友來做客，屋子裡連轉身都變得艱難，兩個人的衣服摩擦在一起，發出沙沙的聲音。

但是我依舊跑到超市去買了壁紙，把裸露出來的暖氣片包住。雖然窗戶看上去有些陳舊，但貼上壁紙後，也有了一分溫馨的氣息。我還去花市買了一束花，放在桌子上最顯眼的地方，如此一來，連小日子裡都飄著香氣。

雖然房子是租來的，但生活不是。我對未來的日子有著盲目的樂觀和信念，相信只要有勇氣，有決心，這個城市總會有我的容身之處。

手機裡放著張懸的《日子》，我輕輕哼著，拖著地，彷彿未來妙不可言，奔湧而來。

一個小小的屋子，看似狹窄，卻能盛放無數不足與外人道的情緒，悲傷、受挫、難過、失望。

它比不上朋友有溫度，卻比朋友來得更穩當，容納著我深夜放肆的無眠，凌晨四點的眼淚，還有失戀後的酒醉。

也是在這個房間裡，我接到了自己的第一份兼職，賺到了第一筆稿費，儘管微薄，但是它代表了生活對我的認可。

我在自己的手帳本裡，為這個時刻記錄了濃墨重彩的一筆，在記錄中自我審視，暢想未來。

我是愛生活的，但生活似乎並不打算給我以穩定。我當時供職的那家公司盈利微薄，直到支撐不了日常的周轉，動不動就放一周半個月的假時，我才突然意識到，我想要的穩定和安逸，這個體系不夠健全的小公司給不了，這個沒有太多工作職位可供選擇的小城市也給不了。

要留，是沒發展也沒有五險一金[3]的工作；要走，是不確定的未來和跟十多個人平分一個房子的隔間。

「外面的世界特別慷慨，闖出去我就可以活過來，留在這裡我看不到現在，我要出去尋找我的未來。」一周迅的歌聲從手機裡傳出來，帶著她的野心和欲望。

我在那個小房子裡想了半個月，看了幾十本小說、發了無數次狠誓，最終毅然決定要一個人逃出小城市去尋夢。

就這樣，一輛麵包車裝了全部行李，我從小城來到了北京，從小鎮青年變成了北漂女子。

我從所有人的來處而來，帶著所有人的夢想而來，只為在這個城市，找到更好的自己。

3－中國勞工所享有的社會保險福利，「五險」是指養老保險、醫療保險、工傷保險、失業保險、生育保險，「一金」是指住房公積金。

3

在通州一個月三千塊錢的小平房，是我在北京的第一個落腳點。我從家到上班的地方要坐一個半小時地鐵，中間要換三段，再走九百公尺的路。

每天在伴著星光下班回家的路上，我都會在社區門口要碗麻辣燙，盤算著要不要多加一份泡麵，畢竟一頓不能超過六十五塊錢。

當時的男朋友來過我住處一次，這裡沒有熱水器，我用熱水壺燒好水給他洗臉，他洗完臉後想了想，鄭重地告訴我：「在北京紮根沒你想像中那麼容易。」

後來我們經歷了一段曲折的分手期，他要強又隱忍，想在北京做一番自己的事業，關於未來從不說半分不確定的話。而當時的我，毫無目的，又不太懂得怎麼在這個城市找到自己的立足之地，看起來真的不太像能與他並肩奮戰的人。

即使我把「只要我們在一起，沒有什麼熬不過去」這樣的話重複了好多遍，他依舊在手機那頭說：「我想我們真的不適合。」

電影裡總有很多關於北漂的片段，蝸居在小房子裡憧憬未來的男男女女，最終含著淚說再見。如果你沒有來過北京，會以為這不過是煽情的影視片段，可當你生活在北京，才發現那就是你我的此時此刻。

在這個小平房居住了大半年後，我終於存夠了押一付三的房租，打算從通州搬到北四環的次臥。我上網瀏覽了很多租房資訊，有一個在心儀社區的房子剛好在轉租，我便準備第二天跟仲介簽合約。

約定好的房租不變，但是原租戶女孩晚上匆匆給我打過來電話：「我勸你還是不要租了，這個仲介讓我跟他串通好給你漲價。」

我當時就震驚了，我以為我知道的黑心仲介不過是不退押金，沒想到即使是有合約，他也會暗自從中漲租金。

女孩說仲介在電話裡罵她，原因是不加價他就賺不到錢，他總得找下家坑，而且話裡外的意思就是：「仲介都這樣，你們還不掏點錢要怎樣。」

女孩略帶無奈地跟我說：「我們都是自己在北京奮鬥的女孩，都不容易，我也不忍騙你。這個仲介不可靠，你再找找其他的房子吧。」

我問她押金是不是能順利退掉，她苦笑著說：「看這情況應該怎麼都會剝削點了，唉，聽天由命吧。」

沒有被仲介坑過的北漂都值得慶倖，但這只是代表你比較幸運，而並不意味著你沒有被剝削的可能。

我的一個朋友就曾經還沒入住就被坑了近萬元。因為仲介鑽了合約的漏洞，所以就算朋友報了警也無可奈何。他沒有把這件事告訴父母。後來我聽說他在公司住了三個月。

還有一個朋友，因為房東急著賣房子，要朋友第二天就必須搬出去。女孩苦苦哀求，問加兩倍的錢緩一周行不行。房東對著她吼，要她別擋了他的財路，如果第二天搬不完，只能把她的行李都扔在門外了。

這個城市或許沒辦法記錄我們一次次搬家的淚水，卻在我們各自的成長中，給我們留下了堅強、留下了經驗。

如果沒有經歷過租房，你就不會明白每一個北漂的夢想，為什麼其中一定有一項是希望在北京擁有一間房子。

因為那意味著你不必再擔心房子什麼時候會被拆除，租房公司找各種藉口不給你退押金，還有不必在零下幾度的冬天，為了一處住所四處奔走。

冷風從脖子裡灌進來，像是找到了心儀的地方，使勁作祟，可是我還在這個偌大的城市裡遊蕩。萬家燈火，沒有一盞是屬於我的。

說來是勇敢而又獨立地生活在這個城市，為了夢想執著得不可一世，可是某個瞬間，我也會覺得自己不過是像你像他、像那野草野花，不過是無根的異鄉人，風吹來，才知道會倒在哪個方向。

租房面前，人人心酸而平等。

4

經歷了各種曲折和變動之後，我終於在來北京的第三年，擁有了一間屬於自己的房間。

不是在五環開外的城中村，也不是跟朋友合住在一間屋子裡，而是一間屬於自己的、獨立的房間。

英國女作家吳爾芙說：「要求你們擁有自己的房間，就是要你們活在現實之中，不管我是否能將之描繪出來，那都將是一種充滿生氣、富有活力的生活。」

無論是剛剛畢業時居住的三坪大小屋子，還是現在居住的帶著陽臺的房間，抑或是未來更大更舒適的房間。人就是在回首過去的時候，才發現自己是如何一步一步走到了這裡，走到了離夢想和未來更近的地方。

剛開始來北京的時候，我還住在小房間，不好意思邀請朋友來家裡；後來搬到了有客廳的兩房一廳，有了乾淨的廚房和舒適的客廳，就可以花兩小時做一桌菜，然後等朋友來按響門鈴。

在這個房間裡，我招待過幾個同樣是北漂的朋友。

來吃過飯的有大學裡的直屬學姐，她在北京奮鬥五年後，自己買房買車，成為我們那個專業的勵志代表；也有從老家輾轉到廣州和青島，後來來到北京的電臺主播小茵，她每天錄音五個小時，才能賺到一個月的房租；更有為了完成一篇採訪，從朝陽跑到郊區的自由撰稿人笑笑。

如果不是北漂，如果不是因為有這樣一個能夠容納得下來自天南海北的人的城市，我們絕沒有相聚的緣分。但也因為北漂，這一秒的相逢就格外珍重，因為見過一面之後，不知何時才能再見。

我們雖然還沒有在這個城市裡擁有一間房子，一個不需要擔心什麼時候必須搬家的住處，但是在追尋這樣一個住處的時候，我們擁有了堅固又不可磨滅的心緒，擁有了很多在最艱難的時刻給予我們幫助和力量的朋友。

我的前主管 Alice 今年終於在北京買了房，她發了一個近況：「念念不忘，必有迴響。」我試探地問她：「是不是買房了？」她回了短短的兩個字「是的」，後面加了好多個感嘆號，又接著說：「等我們裝潢好房子請你來家裡玩哦！」

我為 Alice 感到高興。我們曾經是並肩的同事，後來是志同道合的朋友，她請我去她家裡吃過咖哩牛肉，我也在北五環的家中為她做過紅燒肉。我們互相打氣加油，在艱難的日子裡守得雲開。

女孩子二十幾歲的時候，擁有的太少、想要的太多，在哪個城市都會辛苦些，但似乎把時間交給北京，離理想中的自己，總歸要近些。我在心底裡默默地感謝 Alice，是她的收穫讓我所期待的「幸福」擁有更多可能。

我們生活的世界是大大的，但是對於每一個人來說，我們都極其渺小，如同這個宇宙裡的塵埃或蜉蝣。

但是再小的人，也有自己的夢想；再平凡的人，也不會失去自己的光芒；哪怕是塵埃，也都會在這個宇宙中擁有屬於自己的座標。

我接受這份居無定所的漂泊與動盪，只為迎來那個風和日麗、撥開濃霧見月明的未來。

這個時代的女孩應不應該有野心？

1

這個時代從來都不缺少有理想也有野心的女人，但這些野心和欲望，從來沒有像現在這個時代這樣坦誠地攤出來，告訴女孩們，你值得更好的人生。

最近幾年電視上愈來愈流行的就是大女主劇了。劇中的女主角們不靠男人，勇往直前，有見識有謀略，不輕易向生活低頭，一張野心勃勃的臉上掛滿了對生活的欲望。她們或遭受暴擊之後打落牙齒和血吞，拳頭緊握於無人處苦心經營，或毫不掩飾自己的不甘心，目光堅韌地告訴大家我要贏。

演藝圈中最典型的代表自然是章子怡——一個在名利場上把野心和欲望發揮得淋漓盡致的女孩。她一出道便帶著一股狠勁，叛逆，緊繃，無所畏懼。

這個野心勃勃的女孩出演的第一部影片《我的父親母親》就大獲成功，在頒獎禮上，本該是張藝謀獨自上臺講話，章子怡卻自作主張，和他一起上臺。

拍《臥虎藏龍》時，章子怡因為原飾演玉嬌龍的女演員吃不了苦，放棄了角色，才有了試鏡的機會。

坊間傳聞，拍竹林戲的那一場，她一連六個鐘頭吊在鋼絲上，有次甚至被彈飛出去。遇到這種情況，任何演員都會下意識捂臉，但她沒有，任由那張前程遠大的臉撞了出去。

玉嬌龍身上自由、強勢，以及拒絕被塑造的性格，伴隨了章子怡後來的人生。人戲不分，她都是演自己。

到了《藝妓回憶錄》，楊紫瓊對章子怡飾演的小千代說：「我們沒有時間可浪費了，必須讓你脫胎換骨。原本耗時數年的功課，你必須要在幾個月內學會；痛苦之於美麗，對我們來說，就是硬幣的兩面，你的雙腳會忍受痛苦，你的手指會流血，連坐和躺都是煎熬。」

章子怡自己也說：「哪怕是大家覺得我已經在最臨近邊緣的剎那，我還是有那麼一口氣。」

大家評價這樣的女孩，最常用的一個詞就是「太狂傲」。那個時候我並不喜歡她，覺得太過用力的人生像是作秀，可當自己與生活貼身肉搏時才知道，如果不衝上去，哪有什麼秀可作，一個大風浪上來，無數人就消失了。

如果你想獲得自己嚮往的，就必須向前一步，向它招手，讓你對這個目標的渴望變成現實；而不僅僅是留在原地，等著總有一天有機會去獲得它。

因為「總有一天」這樣的詞，只適合在童話的溫室裡生存。

2

生活就是一個不斷尋找自我的過程。我們努力地向上，不僅是為了讓世界看到我們，更是為了讓自己看到世界。

和章子怡同屬中央戲劇學院的 Papi 醬，是我見到的姿態最好的用堅持打敗時間的女孩。

Papi醬說過這樣一句話：「我心裡隱約知道自己能幹點事，但是又不知道自己能幹點什麼。」與大多數年輕人無異，她也曾懷抱著並不清晰的欲念來到大城市，而不同的是，大多數人的野心在生活中逐漸煙消雲散，而她，卻始終用不同的方式堅持著一種勢要成就自己的信念。

她混過豆瓣，也在天涯❹發過穿搭文，在做出短影片轉發破萬的成績之前，她也嘗試過表情生動的動圖，玩過風靡一時的小咖秀。

她在某個採訪中袒露過：「這十二年間的每一個選擇，我只是在堅持，堅持給自己暗示，不要放棄，在最無趣無力的日子，也要對世界保持好奇。」

很多朋友都說在北京的任意一家小麵館，都能聽到左邊談融資右邊談上市，我和朋友都忍不住感歎，這個城市從來都不缺夢想。可是為什麼只有這個面容清秀、口舌伶俐、腦洞出奇的女孩成了呢？靠的是運氣？美貌？才華？還是始終不被馴服的野心？

從小咖秀到短影片，再到如今的抖音，Papi醬始終折騰自己、始終相信自己，或許是因為對她來說，山在那裡。

Papi醬的野心是「我雖然不確定自己一定能做成什麼，但是我勢必要憑藉著自己的努力折騰出點什麼。」

正如伊森・霍克所說：「沒有什麼是免費的。想要發光就要忍受焚身之苦。」她堅持內心所選，把命運掌握在了自己手裡。

看，我們這代年輕人就是這麼勇敢、坦蕩地直面人生的困惑與欲望。

3

對我來說，迄今為止過得最為艱難的一年，應該是二〇一六年。

4　天涯社區，為中國一個社群平臺。

那個時候的我工作壓力很大，週末又要忙著出去找新的房子，媽媽在家裡安排了相親，一味地催我回去見一見：「哪怕最後不合適，也要先見一見吧？」結果還沒來得及相親，媽媽就生病住了院，我急匆匆趕回去，發現她一下子衰老了好幾歲。家裡人逼問我：「你還要留在北京嗎？」

好像我人生所有的問題都歸結於這一個點：一個女孩子家幹嘛那麼逞強，為什麼要一個人辛辛苦苦地在外面打拼，找個好人家嫁了不行嗎？

我在醫院的走廊裡想了很久，我想過要回家，想過那種穩定的、不需要時刻擔憂的生活，甚至如果再讓我待在這裡幾天，我可能就會選擇放棄了。

在很多瑣事拼命地讓我往下墜的時候，有一個朋友在聊天時問了我一句：「七天，你的夢想是什麼？」我永遠記得那個夜晚，路上漆黑、氣氛肅冷，風灌進脖子裡，而抬起頭，使勁找也只能看到渺茫的幾粒星光。

就是在這樣的氛圍裡，就是這樣不經意的發問，帶給我的，卻是直擊內心的反擊。

我究竟應該用何種面目來面對這看不到出路和星光的黑夜和風霜？

我不確定我值得被誰肯定、被誰喜歡，在這個城市過得是否舒坦，我只是還確定，我值得更好的人生。

如果人生的最終會被蓋上帶有小紅花的印章，上面刻著「可」、「好」、「非常好」，我不想現在就此收手拿著「可」歡歡喜喜地去交卷，我的目標是「非常好」。

於是我也成了我曾經不那麼喜歡的、看上去知道自己要做點什麼，但也並不那麼可靠的女孩。無論再有誰來勸導，我都很堅定地說：「我暫時還不打算回去，不管是留在北京還是去哪裡，我手中還有很多我必須要去做的事。對不起，我得往前走，我還不能回頭。」

心刻勇字，咬牙死撐，你以為這是一種姿態，但於我來說，這是我所能守護的，最值得嘗試的人生。

我認為我自己是一個怎樣的人，就會努力去讓自己配得上這一切。

我開始給很多網路平臺投稿，爭取更多的寫稿機會，獲得愈來愈多的稿費；我開始主動爭取更多的工作專案，用清晰可見的資料來見證自己的成長；我開始參加各種圈內的活動，通過寫稿接觸到更多有文采的自媒體人。哪怕被很多人無視，也會繼續打起精神聯繫下一個ＫＯＬ。

我知道無論是出版行業還是做自媒體，拼的都是你的實力、資源和人脈，也是你自身存在的無限可能。

就這樣，我一點點地在工作中站穩腳步，先做出了一本暢銷書，又寫出了破十萬閱讀量的爆文；接著開始跟另一個實力和才華並俱的朋友一起寫公眾號合作，被《人民日報》公眾號轉發了一篇又一篇的文章，然後也有了能為同行業的其他公司進行培訓的機會，無論是工作還是寫作，都走上了一條愈來愈寬闊的道路。

來北京三年，我從傳統的出版行業跳槽到了業內知名的網路行業，說不上華麗逆襲，但也的確比起剛來北京時更加豐盛、更加有底氣了。

這個城市從來就不缺野心和夢想，缺少的是如何讓夢想變成腳下一步步的路。

4

這是一個多元價值觀碰撞的時代，一部《東京女子圖鑒》，有人看到了人生的價值在於女主角綾奮鬥的過程，有人認為欲望和野心會毀掉一個女人穩定的一生。

女主角綾的故事之所以讓大家如此有共鳴，主要是因為它寫出了這代年輕人的困惑，寫盡了年輕女孩曲折又細碎的經歷和心事。

「野心勢不可當，渣男防不勝防；聚散離合的友誼、真假難辨的笑意，想乾脆泯然眾人，又確實心有不甘。」有人這麼評論女孩們的二十幾歲。

綾兜兜轉轉二十年，親情遠離、愛情勉強，彷彿回到了原點。旁人嘲笑奚落，覺得她得到的不過是繁華都市裡的一場空，但只有跑過的人才知道，那怎麼可能一樣呢？

那奔跑的過程，正是活著的證據呀！

「我想奮鬥的時候看到別人說女孩子一生最重要的是穩定，不該有太多野心。可是在我日漸安穩的時候，大家開始說年輕就是要折騰，二十多歲就養生的人都是傻子。我到底該怎麼辦？」我在後臺看到一個女孩的留言。

「一個女孩在這樣的時代裡，既要有野心，也要沒有野心，不讓野心傷到你，也別讓它離開你。」知名時事評論家黃佟佟曾經提到這句話。

愈是這樣浮躁喧嘩的時代，愈是需要沉著冷靜的執著。

欲望和野心從來不是罪過，在這個時代，每個女孩都需要有點野心去助推夢想。這野心裡會有對未來的困惑，也會衍生出與困惑共存、繼續向前的勇氣。

在野心和欲望裡，什麼都可以得到。你不到最後永遠不知道，你可以在這個過程中遇見什麼樣的人，成為什麼樣的人。

宮二先生在《一代宗師》的大雪飛揚裡對著趴在地上的馬三說：「話說清楚了，不是你還的，是我拿回來的。」

我也希望所有的女孩，都能夠從生活手中拿到本該屬於她們的一切——自信，成就，尊重。

「放棄自己最常見的方式，就是認為自己毫無力量。」可顯然在人生這場賭局裡，我不僅有贏的把握，也有贏的能力。

我不太想成為為情所困的林黛玉，而是想成為披甲上陣的穆桂英。

我是一個空巢青年

1

在新浪微博看到了一個熱搜「空巢青年人口達五千萬」，我恍惚了一下，想了想，自己也算是一個資深的空巢青年了。

中國二十到三十九歲歲未婚的「一人家庭」，就是所謂的「空巢青年」，這就是新聞裡對「空巢青年」的定義。

用更直觀的話來表達，所謂的空巢青年，不過是「無人與你立黃昏，無人與你粥可溫」。

在北京的角落裡，有無數被北京這個大怪獸俘虜的，只能在深夜舔舐傷口的空巢青年。

我們單身且租房。

我們遠離親情，愛情無望。

我們很年輕，我們很孤獨。

我生活在北京，享受著這個城市的紅利，也承受著這個城市的壓力。

北京的早餐幾乎很難與體面掛鉤，夾燒餅是基本的，那粗糙的喜氣洋洋的紅色紙杯扣一個杯蓋，可以裝下一杯暖胃的粥。這樣的早餐健不健康不知道，難得的是，只要你還有時間吃早餐，你就已經打敗了五成的北漂。

這裡的一切都不簡單，但咬咬牙堅持下去，好像也可以活得風生水起。

我在這裡得到了別處很難享有的自由，好像一伸手就能握住大把機會，可是我上網看了一下才發現，奮鬥一年存下來的存款，連一間廁所都買不起。

接到家裡打來的電話，我只能強顏歡笑，告訴他們加薪了，可以給他們買衣服，可以帶奶奶來北京玩。

我偶爾也會奢侈一下，去吃一頓一人平均約八百多塊的晚餐，但是更多時候，是趁著超市打折的時候買很多生活用品，是去連鎖服飾店撈一些三四折的衣服，然後把必要的錢存下來，換算成自己生活的安全感。

一間房子八間房間，平時大家都關著門，和室友之間有著揮之不去的疏離和陌生感。偶爾夜裡失眠，還會聽到隔壁房間情侶輕微的呻吟聲。

有時候加班到晚上九點才回去，我會提前上網叫好外送，再回到出租小房間。吃完外送後，就把盒子扔進垃圾桶，躺在床上玩著手機。黑夜雖長，但又極其容易吞噬一個在大城市生活的年輕人。

我們這群人的共同點，也許就只是孤獨。孤獨是我們的武器，也是唯一可奉獻的禮物。吐出了唯一的孤獨，使我們不安，於是又想把孤獨攥回手裡。北京的張力，大抵來源於此。

北京不在乎你的過去，也不負責你的未來。它甚至顧不上審視你的失誤和成就，從不記錄你的瞬間。所以北京的浮光掠影，由人記錄，但往往隨風消散。

我們背井離鄉，浩浩蕩蕩，帶著夢想，成為這個城市裡獨自生活的空巢青年。

2

在老家工作兩年後，我的高中同學晶晶告訴我說她要來北京，我再三跟她說慎重考慮後，她還是毅然決然地朝這座夢想之城飛奔而來。

晶晶從高中就喜歡看武俠小說，也曾幻想自己像個俠女行走世間，無所畏懼。她當時因為被父母逼著考公務員而留在了家鄉，但是小縣城的平淡始終壓不住她的熱情和欲望。她說：「不管結果怎麼樣，最起碼我能像《悟空傳》裡的孫猴子一樣，在離開北京的時候說一句：『這個世界我來過，我愛過，我戰鬥過，我不後悔』。」

「城市慷慨亮整夜光，如同少年不懼歲月長，她想要的不多，只是和別人的不一樣」，我走過商場的時候突然聽到了這首歌。

我想現在的晶晶，就像當年的我一樣。我們帶著一身孤勇而來，跟千萬人擠在這個城市裡，不就是為了將來回憶青春的時候，沒那麼遺憾嗎？

「我從北京西站出來的時候，就覺得這座城市一定會給我希望的！」晶晶自信地笑著。我幫她拿著行李，在地鐵上搬上搬下，終於搬進了她租的房子裡。晶晶的興奮並沒有持續多久，找不到合適的工作讓她亂了陣腳，家人讓她回家的勸說，還有房租的沉重負擔，讓她一下子洩了氣。

「七天，你知道嗎？有一次我週末午睡，等我傍晚醒來的時候，看著窗外緩緩下沉的夕陽，有一種被全世界拋棄的感覺。」

「七天，我最近出門都保持著油頭 style，因為沒有幾個人值得我洗頭加化妝加隱形眼鏡的 VIP 待遇。」

「七天，我現在買衣服最看重品質的單品竟然是內褲，畢竟大多空巢獨居時刻只有它還保持出勤。」

「你這哪裡是空巢，簡直是空虛！」在晶晶連續三次「空巢」模式的吐槽後，我回覆她。

然後我就想到了自己剛來北京的那一年。

因為不適應一個人的節奏，一開始我會在房間裡給很多朋友打電話，從說北京真大、北京真精彩，說到北京真孤獨；慢慢地，他們也會輕微流露出不耐煩的語氣，我只能放棄尋求這樣的精神外援。

之後的日子，便是大段大段時間的加班，我坐在電腦前，面對著桌子上的外賣，一口一口地吃，然後回到那個不足以稱之「家」的住所。當時間被無限拉長，人往往會聽到自己身體裡流淌的節奏。

我們站在東方新天地的頂樓上，望著這個城市，我跟晶晶說，其實《桃花源記》有另外一個結局，是一個唐代人寫的：武陵人回來後並沒有去稟告太守他發現了桃花源的事，他也並沒有記住通往桃花源的路。他就是從桃花源裡帶回來了一株桃花，種在了自己的院裡，然後桃花就長成了桃樹，因而他也擁有了屬於自己的一片桃花源。

我太喜歡這個故事，因為那時的人還有時間去想像另外一種結局，這個結局有一種自我成長的美，格外有星辰之外的力量。

這個故事也給了空巢青年們一種新的啟示：我們期待的不是成功，而是成長。所以帝都式的生活準則是：盡情搖擺，野蠻生長。

3

二〇〇一年，同樣是縣城青年的王海燕放棄了清閒穩定有制度的工作，來到北京看世界，爸爸擺擺手跟她說：「你走吧，你要是走出這個門，我們這個家就算是家毀人亡了。」

十幾年過去了，王海燕成為知名女作家綠妖。

二十歲的少女張姍姍為了心愛的電影輟學北上，在北京電影學院旁聽了好幾年後，終於考上了北京電影學院的研究所，寫自己喜歡的話劇和電影。她寫道：「二十歲沒有學歷沒有背景，並不自信，一無所有；十年以後，我還在這座城市裡，做著我自己想做的事，我沒有過上自己理想的生活，但我也沒有去過自己不想過的生活。」

少女張姍姍成了知名編劇柏邦妮。

我在北京發現無數同類，有如綠妖、柏邦妮這些內心憧憬想成為的榜樣，也有晶晶、桃子、小茵這些相似的朋友，我們都覺得腳下的路很艱辛，甚至有時候也會懷疑留在這裡究竟有沒有意義。

走得太辛苦，你就會差點忘記了，你為什麼會選擇跋山涉水走到這裡，成為新聞上報導的「空巢青年」。其實答案很簡單，只是兩個字——夢想。

最近幾年房價飆升的速度遠遠超過薪資增長的速度，無論你是回家鄉還是打電話，親人朋友總會不時問上一句：「你又買不起北京的房子，留在北京有什麼用呢？」

每個大城市的年輕人都曾經空巢過，每個空巢青年都有過一個希望：有一個家。

可是我們為什麼又離開家鄉，不遠萬里來到這個燈紅酒綠的大都市呢？因為我們覺得家鄉已經容不下自己，必須到一個大城市裡去挖掘自己的更多可能；因為想要的不是舒服、不是安穩，而是創造、是改變；因為想要一份薪資更高、更體面光彩、更盛大的生活。

過了一周，我收到了晶晶發來的訊息：「過了幾個月混吃等死，寂寞得要了老命的日子，我決定開始 enjoy 這個城市。」

我知道她剛剛拒絕了父親再次為她找的某事業單位的閒差，也拒絕了親戚介紹的鎮上某富二代的相親，她說：「媽媽，對不起，我還想再拼幾年，我想看看我究竟能長成什麼樣。」

如果沒有我們前仆後繼的渴望，就不會有這麼繁華巨大的城市，更不會有每個時代的奮鬥群像。

對不起啊！想讓我們安穩的父母們。

對不起啊！那個遙遠又安逸的家鄉小城。

對不起，我是個獨自生活的空巢青年。

高木直子在《一個人上東京》的圖文書裡寫道：「因為覺得東京有更多成為插畫家的機會，而且如果一直待在老家，或許有一天會後悔，如果當時狠下心上東京，說不定自己的人生就會不一樣了。所以，也是抱著失敗的話也可以徹底死心的心情，一個人到了東京來。」

單身、空巢青年、買不起房、愈來愈貴的房租、交通困難、愈來愈多的人……細數下去，有很多很多的理由離開這個城市。

可是我還是因為一個理由留了下來——我不想輸。

在之後的漫長時間裡，我一定會努力、勇敢、堅強，往柳暗花明、山窮水盡走去。

我為什麼還沒有離開北京

1

在北京二環的某個胡同裡有一家類似深夜食堂的店，老闆是學藝術的，老闆娘也頗有藝術氣質，戴著誇張的耳環，頭髮是大波浪，塗著鮮豔的紅唇。

發現這家店很偶然，是看完演出後發現路邊一扇門的門縫裡透著一點光，往近一湊，才發現是一家正在營業的小店。

於是，我走進去點了一份麵，就坐在靠近後場小窗的吧臺上，喝著店裡免費供應的檸檬汁。不一會進來三個人，一位五大三粗的漢子跟老闆打招呼，一看就是熟人，話語裡都帶著江湖氣；旁邊是兩個小女孩，看樣子像附近學校的國高中生，一邊吃飯一邊拿著書本。

小店一下子就熱鬧了起來，江湖氣的大哥、學生、剛剛看完演出的小白領，一家小小的深夜食堂裡，聚著不同的人，有著不一樣的故事。

無數個這樣的深夜食堂，構成了北京的縮影——多元、複雜、來來往往、不問過去，但都擁有自己的可能。

有一次家鄉的表姐帶著小姪女來北京參加舞蹈比賽，她走在街上，看著兩個女生牽著手，又親暱地接吻；看著年輕女孩穿著露臍裝肆無忌憚，吃飯時聽著隔壁桌上在談上市和融資，她笑著對我說：「我終於知道你為什麼留在北京了。」

她說：「包容。」

我有種被理解的喜悅，於是拼命點點頭。

在這個城市裡，你喜歡同性也好、異性也好；你喜歡性感也好、純情也好；你有野心把欲望掛在臉上也好、你想歲月靜好安穩過生活也好，大家都在忙著趕路，沒有人計較你過得怎麼樣，大家拼的，是活出自己的一口氣。

「北京給了他新的生命和新的機遇。」我看到一部小說的開頭這樣寫，是給無數還留在北京的男男女女的告慰。

像我這樣的人啊，既沒有背景也沒有關係，有的只是不怕苦也不怕失敗的信念，只能相信靠自己的雙手會過得好一點。

2

年輕人總喜歡闖，我也不能免俗。

回想起我拎著幾個並不算新的皮箱，從三線城市來到北京的畫面，一晃蕩，也有三年的時光了。

我在手機上建立了一個相簿，叫「一個人的北京」，記錄著我在北京生活的點滴：我來北京租的第一間平房、自己做的第一頓飯，還有第一次過了半夜十二點回家拍下來的計程車牌號，甚至第一次學游泳、第一次打撞球、第一次去看live house，第一次去798看展覽……這些走過的路、留下的記憶不知不覺成為我成長的脈絡。

第一年的照片看起來乏善可陳，多是公司和租屋處兩點一線的反復往返，但是慢慢地，似乎一切都開始擴張了。通過工作，我認識了更多有想法和有執行力的朋友，我們時不時地吃飯交流，傾聽她們對於新媒體趨勢的分析和見解，其中也不乏善於投資理財和善於運營的專業人士，我跟著她們瞭解工作的思路，開始嘗試著為一直是月光族的自己存下一點錢。

到了第三年，相簿裡有了更多成果性的照片和截圖，照片背後也有了更多有意義的故事，比如採訪了一些崇拜已久的作者和名人，寫成的文章被一些優質平臺轉載了；再比如從傳統出版行業跳槽到了一家業內有名的網路公司後，組織了幾場頗有規模的發表會活動，其中有一次主管突然生病，交代我負責現場的執行，在忐忑不安的緊張感中，我竟然也順利推展了活動。

從這個相簿的第一張照片到最後一張照片，完整地記錄了我在北京將近三年的時光。在這段時間裡，我說不上已經脫胎換骨，也沒辦法說自己已經比其他同學見識得更多；可我知道，這是我能做的最好的選擇。

每一個從小鎮走出來的青年，除了努力，除了不停地向上爬，除了讓自己變得比以前技能更專業、內心更強大之外，別無他法。有時還要看運氣，否則一不小心就要從頭再來。

可是在北上廣這樣的城市裡，即使我們一無所有，也還有翻盤再來的機會。

3

算起來，或許每個時代都有這樣一群「北漂」，明知道前方微光渺茫，卻仍然懷揣著不肯熄滅的小火苗走到了這裡。

唐代的白居易十六歲便去京城闖天下，那時候的京城是長安，也就是現在的西安。當時他想闖入京城的文學圈，便攜帶自己寫的詩，去拜訪了當時文學圈裡的大咖顧況。

顧況看著他說：「我知道你很有才華，可是長安米貴，居住不易呀！」言下之意是長安藏龍臥虎，不是小年輕該來的地方。

可是當顧況讀到「離離原上草，一歲一枯榮。野火燒不盡，春風吹又生。」這首詩時，震驚得連連叫好：「好詩！好詩！文采如此，住下去又有什麼難的！」

對於北漂，易還是不易，除了主觀的意願和努力，自身的實力也有著決定性的因素。哪怕你毫無名氣、兩手空空，只要你有一技之長，能吃得下苦、沉得住氣，就總能在峰迴路轉處，看到為你撐起的一葉孤舟；從此茫茫大海，也有一片屬於你的帆。

我有一個好朋友菜菜讀完專科後便來了北京，學歷並不高的她，很早就確定了自己想要留在北京的目標。於是她從傳統行業調到網路行業，又透過工作之便熟悉了理財和投資，就這樣從在社區論壇當寫手開始，一步步成為了精通理財領域的規劃師，並且事業感情兩不誤，在工作的同時順利牽手心儀的男生，在五年內實現了在北京買車買房。

或許菜菜的經歷代表了這個城市最美好的童話：「兩個在大城市靠雙手打拼的年輕人，不靠關係、不靠手段、不靠別人的臉色，得到了自己想要的車子、房子，以及愛情，並且在這個城市有了容身之處。」

4

有沒有過在北京覺得難過的時候呢？

有。

我在每一次生病的時候，都格外想離開北京。

一個人躺在不到三坪大的租屋處，使勁全身力氣去燒一壺熱水，翻箱倒櫃找到早早就囤好的感冒藥頭痛藥，然後夾著溫度計等待著藥效發作，盼望著明天早上可以準時擠上地鐵，元氣滿滿地出現在崗位上，只為了不因為生病被扣掉這一天的薪水。

也有很多時候，來自家人的擔憂和焦慮，讓我懷疑自己是不是也未必討厭回去的生活。

一邊是留在家鄉的同學開始陸陸續續地聯誼，甚至在一年內就完成了訂婚、結婚、生子的人生大事；一邊是媽媽又催我回去考老師，我也開始慌了，於是找了一個週末跟家裡的同學聊了聊，在大概清楚了這邊的薪資水準和晉升空間後，我又毅然返回了北京。

在家鄉，一個月只有不到一萬塊的薪水。媽媽說，夠了，吃住都在家裡，你還想要什麼？

「我不想回去過窮日子，我不想從零開始。」

「為什麼你就不知足呢，難道過小日子就不幸福嗎？」

我看過一句話：「幸福這件事我沒有答案，也不追求，還是多經歷、多探索吧。」我沒有把這句話講給家人聽，而是留給了自己，因為有些選擇不是被別人理解的，而是用來給自己挑戰的。

愛上這個城市，更多的原因是我學會了愛自己。或許代價就是要在柔軟的內心外面套一層厚厚的鎧甲，迎著人情冷漠、迎著掙扎困頓，迎著你眼見的所有不公平和不甘心，向著那不知終途的前方深一步淺一步走過去。

你得把自己的脆弱和迷茫扔到身後，你得把自己的理想變成可以把握的現實；你得學會在脆弱的時候留一口氣，哪怕夜深霧重也要熬過去，到了明天早上醒來，依舊是一個充滿生機的自己。

不止是我一個人在經歷這微弱的陣痛，每一次跟朋友聚會，都會有人離開，又有新的朋友來到這裡。

離開的人說：「這裡有擁擠的交通、沉重的壓力、汙濁的空氣，我早就想逃離了。」

但也有在北京雄心勃勃的人說：「你可以選擇逃離北上廣，可即使你逃到雲南大理小鎮，即使你一頭紮進終南山的山洞中，該面對的東西，一樣需要面對。沒了汙濁的空氣，但要對抗精神的貧瘠；沒有了功名的攪擾，但要忍耐平淡的鋪陳；沒了物質的貪念，但要面對生存的挑戰。」

凱魯亞克說：「在這條路上走下去，我知道會有幻想，會有一切，在這條路上走下去，明珠會交到我手上。」

而此刻，我在走我自己想走的路，我要去拿屬於我的明珠。

/ 2 /

TWO

一個人也能活成千軍萬馬

一個人的生活可以有多酷

1

年輕的時候，我覺得一個人生活是一件很苦的事情。

過了幾年後，我才發現其實一個人生活是一件很酷的事情。

苦與酷的差別，其實在於——你有沒有學會討自己的歡心。

太多時候，我們都在學習討這個世界的歡心，討父母的歡心、討戀人的歡心、討朋友的歡心。我們把自己的心奉獻出去，把自己的熱情散發出去，然後矜持地、滿懷信心地等待著他們的回應。

於是，你等男友的電話、等朋友的邀約，等他們闖入你的生活中，在你的世界裡走來走去，然後再毫無蹤跡地消失掉。

可你愈長大就愈會發現，等待別人的到來，是比一個人生活更孤獨的事情。

我們終其一生，或許就是為了把安全感從別人的身上，轉移到自己的身上。

「究竟要經歷多少顛簸，才能夠像你現在這樣一個人能自給自足？」相識多年的朋友小玉問我。

在二十歲的時候，我與每一個二十多歲的女孩子無異，經歷過失望、失戀，有過無數個在夜晚失落和痛哭的瞬間，想著這人生的艱險，該如何熬過去，變成強大而穩當的另一個自己。

我那時候沒有工作、沒有存款，也沒有男朋友；對生活有著一往無前的熱愛，也有無窮無盡的迷茫。

我們上學時候的壓力與侷限，無論是在精力還是物質上，都擁有得極其有限；長大之後的責任與道德，無論家人多麼開明，都放縱得極其克制。

我們如此艱辛地在人生的夾縫裡尋找著只屬於自己的時光，我想，此刻，大概就是一個人最自由、最有創造力的時刻。

每一個正在二十多歲的人，我想都應該有這樣一段一個人的時光。

2

我當然也有過這樣的時光，一開始覺得熬不下去，後來覺得不肯捨棄。

二十二歲大學畢業的時候，我和本想著可以「和他歸家為他唱」的男友分手。很多感情不是不愛，只是生活中突然塞滿了很多比愛情更重要也更複雜的事情。

二十三歲的時候，我差點因為工作的失誤而引咎辭職。躲在樓梯裡哭了好久之後，我終於決定不用辭職來逃避失誤，而是勇敢面對並承認錯誤。我走進主管的辦公室說：「這次的失誤，我會想辦法彌補。」

而二十四歲這一年，我經歷的最大的事情，是自己去醫院做手術。那是一個小小的手術，我沒有告訴父母，只是跟最親密的好友說了一下，在她問「要不要我來陪你」的時候說了「不」。

其實我也不是不想要她的陪伴，只是無論是時間還是路程都過於麻煩朋友，我突然意識到曾經看起來大得不得了的事情，成為了生命中的可以承受之重。

我一個人掛了號、進了手術室，然後下樓拿藥，面對這個剛走進來的時候充斥著恐懼和茫然的門診大樓，我變得淡定，也懂得心安。

關於一個人的孤獨等級，我已經通關到了最高級別，可既沒有人為我鼓掌，也沒有人為我歡呼。或許匿名投稿到網路平臺上，還有可能會被吐槽：「別把沒朋友說得那麼酷，如果有朋友誰還會自己一個人去醫院？」

可我沒有太多不安的情緒，相反，我感覺我擁有了更多自己應付自己、討自己歡心的能力。

更多時候，我開始了更加自律的生活，每週寫三篇稿子，至少讀兩本書、看一場電影；開始有了更多屬於自己的欲望清單，比如要準備明年五月的商務英語考試，再比如因為覺得打撞球很優雅，經常去練習打撞球。

沒有人是從一開始就知道該如何面對自我、處理自我與世界的關係的，唯有從世界中剝離出來，時不時看著自己，問自己怎樣最快樂、怎樣不怕黑，才能聽到心裡那個微弱的聲音輕輕說出自己的真心話。

3

一個人生活究竟是一種什麼感覺呢？

對於我來說，一個人生活，或許偶爾空曠，但並不寂寞。

「一個人＝孤獨寂寞冷」這樣的說法似乎成了固有印象，哪怕是自己歡欣鼓舞地在社交平臺曬了獨自一個人去旅行、去吃火鍋的樂趣，也偶爾會在評論裡看到「你已經被劃分到孤獨的第×個等級」之類的玩笑話。

上周我剛剛一個人去看了 live 演出，周圍的空氣彌漫著啤酒味，大家開心地晃來晃去，都在跟著舞臺上的音樂律動。我們互不相識，但因為擁有著共鳴而點頭微笑。

上上周我獨自去附近的大學上了自習，自學了一個單元的外語課程。獨自走過操場的時候，心緒有一種被拉回十七歲的錯覺。那時候的我獨自奮戰高考，覺得世界上沒人比自己更堅強了吧。後來的日子，似乎都沒有那時候艱難。

上個月我獨自去咖啡館寫稿子，順便看了兩本書。在回家路上，我拿著余秀華的詩歌集《我們愛過又忘記》，拍了一張照片發在近況上，有人評論：「是一個人去咖啡館嗎？」我回覆：「是啊！是一個人啊！」

雖然看起來形單影隻，自己卻為每天的小目標而感覺充實和幸福。有時正是因為悄悄割離了與他人的關係，才讓自己的成長節奏穩步推進。

一個人，也許習慣獨處，但不代表無趣。

大家常常把有趣掛在嘴邊，不管是找戀人還是找朋友，「有趣」儼然成了一個基本要求，好似必須擁有這個特徵，才會在人群中閃閃發光。

有趣的人，不僅僅意味著舌燦蓮花、妙趣橫生、在人群中發著光，我想它更加代表著一種積極的生活態度。

比如一個從廚房得到樂趣和滿足感的人，一個獨自去看電影都不亦樂乎的人。

很多人所謂的「有趣」是逢迎：你需要讓人認可，你需要讓人覺得你是好玩的、熱情的、豐富的，你需要表演有意思，否則就會陷入不被歡迎的恐慌中。看多了社交型人格，我反而覺得能在獨處中保持樂趣的人，才是真正的有趣。

一個可以在自我的世界中保持熱情的人，對我來說有著無法抵抗的吸引力。而我，也非常開心能夠在浮沉的生活中，學會偶爾變成這樣的人。

4

一個人，不代表不再需要愛情。

所有的人都單身過，但很少有人能正常沉下心來體會單身的快樂。彷彿很多人的單身時光，只是為了下一次愛情的出擊做準備，或者處於上一段感情與下一段感情青黃不接的地帶。

我問我那位天天去聯誼、一年後終於覓得姻緣的同事，為什麼那麼想擁有一段戀情。

她給我的回答是，因為我不想帶著一個單身的帽子走在別人的視野裡，好像一個怪物。

在電影《單身指南》中，女主角提出一個疑問：「為什麼總要透過關係來定義自己是誰？」

有時，即使我提出「我很享受單身」的觀點，也會被別人當作自我安慰；但對我來說，我單身，僅僅是意味著，我還沒有遇到那個理想的他。

我依舊期待愛情光臨，那種心撲通撲通跳的感覺；在看著聊天記錄的某個瞬間不小心笑出聲來的場景；走在超市裡想著他最喜歡吃什麼水果的時刻。

可是我知道，我不是為了逃避單身而去戀愛，不是為了甩掉大齡女子的帽子而去戀愛，我只是想把選擇權緊緊握在自己手裡。

人應該活出某種力量感，要有不從俗的心，和不被輿論綁架著賤賣自己的勇氣。

5

在北京生活第三年的時候，我終於搬到了屬於自己的房間裡。整理好屋子後，我在近況上發了這樣一段話：「我想做一個像樣的人，有一個像樣的房間，度過一個像樣的人生，想儘量鍛煉自己的肌膚，成為一個能夠經受任何磨難的人。」

我是這樣想的，我也這樣做到了。

我回想起離今天最近的週末，我早上起來洗好衣服、收拾好屋子，為自己做好午餐，再給貓加了貓糧和水，換了貓砂；然後抱著筆記本走到了對面的咖啡館，在那裡坐了一個下午，要了一杯抹茶拿鐵，心裡暗暗歡喜：「抹茶真是幸福之光。」寫稿累了的時候眺望遠處，我看見有興高采烈的人侃侃而談，也有聚精會神的人對著電腦打字。

生活就是時時刻刻。真正有價值的生活，不是一味地去追問意義，而是勇敢地紮進生活裡，去尋找自己想要的。

一個人最大的好處，就是可以訂製自己的生活。

自律地學習也好、任性地享受也罷，你會逐漸找到自己的生活節奏，而不僅僅依附於別人對你的選擇。

不是每個週末有朋友約才出去，而是自己決定每個週末要去什麼地方，如果有同行的人，就可以一起；如果沒有，我依然不會錯過自己想去看的風景。

「生命中的美好永存不移」，這是Burberry一句廣告語，美好而又堅定，即使再難過的時候，我也對這句話深信不疑。

因為我知道——如果你可以過好一個人的生活，那你一定可以過好這一生。

北漂族的共同苦惱：中午吃什麼？

在北京每一個高樓林立的商務圈的每一間辦公室裡，無論是做金融的金領，還是從事行政的白領，大多都會有一個或幾個同事彙集的群組，裡面最常討論的話題是：「今天中午吃什麼？」

工作中大大小小的問題遇到過很多，但似乎都能以不同的方式解決；可唯獨吃午餐這個問題，上升為成千上萬個白領的難題。

我經歷過許多次午餐的變動，從一開始叫外送，到後來自己帶便當，然後變成從對面便利商店買午餐，或跟同事到周邊小店裡點幾個菜。

幸福感最強的當然是自己帶便當吃，這需要我前一天晚上騰出一個小時左右的時間來準備。我從下班回家路上的超市買到食材，再拿到廚房整理完畢，同時把洗乾淨的白米放在電鍋裡定好時間，起鍋熱油，看著食材滋啦滋啦地成為香噴噴的熱菜，心頭不禁湧起「唯有美食與愛不可辜負」這樣雞湯的詞句。並不是艱辛到筋疲力盡，但為了一頓健康的午飯，也確實耗了一點心力。

不過，並不是任何時候我都能有這樣充足的時間煮飯，有時候會因為加班回到家後忘記要買食材而放棄，有時候會因為太過疲憊而放棄，所以只好在工作日中午提前一個小時動動手指，點好外送，然後把外送拿到茶水間跟同事一起分享。

在這座城市，如果人們想要吃上一頓健康而美味的午餐，又想要搞定繁忙的工作，就需要在這兩者之間尋求平衡。這個問題幾乎難倒了很多能力超群的人。

更何況即使是用心做好的午餐，也不一定那麼好吃。

我就曾經在一個經常帶便當的女同事的盛情邀請下，品嘗了她自己親手做的黃瓜炒蛋，那種味道我就不仔細描述了，只是讓我覺得付出和收穫不一定成正比。趁著她沒注意，我及時抽了一張紙巾，把難以下嚥的黃瓜偷偷吐到了紙巾上。

「你做的菜真的是太別緻了！」我最後還是含蓄地給出了好評，而女同事甩了甩她飄逸的黑長直頭髮，笑了笑。

公司有一個心靈手巧的實習小女生，每每到吃飯的時候，她總是拿出精緻的日式便當盒，上面一層鋪著可愛的小地瓜或玉米，經常會有蒸魚塊、蒸蝦仁、炒紅蘿蔔和櫛瓜這些極其營養又健康的食物，下面鋪著薄薄的一層白米飯。

可是堅持不到一個月後，小女生漸漸不再帶便當了，問起來原因的時候，小女生尷尬地笑一笑：「最近工作有點多，回家後總是來不及做飯。原本覺得一頓飯是再簡單不過的事。就像覺得在北京生活也不會有多難。現在才知道，在北京，能生存下去就不錯了，享受生活這件事，好像還要往後推移。」

「生存以上，生活以下」，我突然覺得五月天的這首歌用來形容我對北京白領式午餐的心情再合適不過了。

吃什麼並不是無所謂，當然會有「好吃」和「能吃」的區別，可似乎在日漸忙碌的工作裡，也只有後者能被滿足。

大家就著早八的新聞和網路熱搜聊著扯東扯西的話題，接一杯熱水一飲而盡，好像就可以把「疑似地溝油」的恐懼沖到胃裡去。

我們隔壁部門有一個結婚多年的大哥，每次午飯時間都會帶飯到茶水間裡的微波爐那排隊熱飯。他總是一臉驕傲地說這是太太給他帶的飯。

後來我們也知道了他的一些故事。他是北京當地人，他太太是南方姑娘，本來兩個人早就想結婚了，但是父母攔著不同意。誰知道他有段時間因為加班太多突然出現了胃出血的狀況，那段時間女孩就在自己的租屋處裡買了一個簡易的電磁爐，天天晚上給這位大哥做好午餐讓他帶到公司。

後來大哥的腸胃好了很多，父母也鬆口同意了兩個人的婚事。女孩的真誠打動了他，也打動了他的父母。

雖然是個很俗套的故事，但是他講起來的時候還是覺得感動。有次他說起了一個細節，當時還不是妻子的女友對他說：「以後也不知道是誰給你做午餐了，希望以後胃病別再犯了。」

憶當年總會讓一個男人充滿感情，大哥回憶起來的時候，仍舊激動得難以說出口。他笑著跟我們說：「就是這句話，讓我堅定了這輩子我只要她當我的太太的想法，天王老子不同意都沒辦法。」

我們聽著這段動人的往事，對這個未曾謀面的嫂子產生了敬佩。大哥又幽默地加了一句：「不過我們家的碗都是我洗的，女孩子的手總沾水多不好，我能給她的不多，但是她願意跟著我是我的福氣。」

在我座位旁邊的辦公室裡辦公的是一個萬年冰雪臉的女老闆，她常常在十一點半的時候來前臺拿午餐，然後整個中午的時間都待在辦公室裡。路過女老闆辦公室的時候我也會產生好奇：一個獨自叫外送吃飯的女主管和她的午休時間，會是什麼樣的呢？

她與我的第一個主管截然相反，她嚴肅而克制，私下也很少跟我們接觸，但工作做得格外漂亮，凡事只看結果，即使你有無數個正當的理由，她也會面無表情地打斷你冗長的敘述，單刀直入：「所以結果呢？是無法完成嗎？」她夠強勢，也夠狠，說起來也並不是那麼讓後輩們喜歡。

直到某天我在一個常常瀏覽的網站上看到了她發表的文章，又透過跟同事的聊天，才瞭解到原來她每天中午都會一邊吃著外送、一邊瀏覽一些行業內的動態，並且以固定的頻率更新她在網站上的專欄。

或許用斜槓青年來形容她是合適的，在我們點著外送聊著八卦的時候，她用盡可能的碎片化時間來豐富自我，建立自己的個人品牌。其實在每個不動聲色的角色背後，都有一個不為人知的強大靈魂。

再後來，據說她跳槽到了一個業內知名的公關公司，成為了部門的關鍵性人物。前幾天看到她近況上更新了一些媒體對她採訪的連結，我默默點了個讚。我們的來往並不多，甚至很少有要接觸的工作；但是她那緊閉的辦公室背後，一個女生用短暫的午餐時間撐起了自己的欲望和野心，這樣的故事，比任何一頓美味的午餐都讓我覺得滋養。

在這座城市裡，無論多麼聳立的高樓，放在偌大的北京都顯得不值得一提；但無論多麼渺小的個體，都有著自己的堅持。

我們為什麼千里迢迢放棄了安逸的小鎮生活聚集到這裡，在難以稱之為「享受」的漂泊式午餐裡一天天地消耗我們的精力與體力？

我時常會問自己這樣的問題，憑什麼，憑什麼是這樣的生活？

這既不幸福，也不誘人，即使是有希望和期待，也是渺茫的，可是在這一茶一飯的光輝裡，總有著倔強的堅持和心嚮往之的未來。

南來或北往，總有一個時刻，讓我們心甘情願地吃著並不可口的午餐，朝著不可辜負的目標狂奔。

Live house in 北京

1

熱愛北京很大一部分的原因，是在這裡享受過的娛樂生活。演唱會、Live house、話劇、展覽，每一種文化方式都延伸出自己的觸角，等待著與欣賞它們的人相遇。

MAO Live house、麻雀瓦舍、愚公移山，它們長久地佇立在那裡。有時候能遇上期待已久的歌手，有時候無意間走進去卻喜歡上了不知名音樂人，更多時候，像是一種尋找精神共鳴之旅。

在生活基礎設施建設上，我並不覺得小城市和大城市有什麼區別，但當我在老家的縣城只能找到電影院時，我常常會想起北京，從朝陽區的七九八到百子灣的今日美術館；從聽過五月天的鳥巢到看過樸樹演唱會的五棵松，總是有各種豐富的演出滋養著一大群人。

還有讓所有文藝青年心嚮往之的蜂巢劇場，那裡常年上演著一代年輕人的愛情聖經《戀愛的犀牛》和《琥珀》。

劉燁和袁泉版的《琥珀》應該是再也無緣看到了，但是還好，還有更多新的演員更潮流化的演繹。在不大的劇場裡，常常會響起「愛你，是我做過的最好的事」的宣言。

剛剛過去的一年裡，我因為看演出而走過很多地方。比如第一次去愚公移山，第一次去鳥巢，蜂巢劇場是常常打卡看話劇的場地，每次要轉乘三段地鐵線去五棵松的時候，儘管感到煎熬，卻還是拖著下班後疲憊的身體飛奔過去。

2

為什麼有非看不可的 Live，為什麼非要在疲憊不堪的下班地鐵中奔波？難道僅僅是為了遠遠地看一眼舞臺上的人？

音樂是支撐，idol 是力量，在我渺小得不值得一提的人生中，在我懦弱無助和渴望逃避的時候，只要站在臺下看著那些人縱情歌唱，一次次地訴說理想和未來，就如同盈滿了熱血般，重燃起奮鬥的勇氣。

是你們告訴我：只要努力就一定會發光的，也是你們告訴我：即使我們不夠美好，也可以去歌唱，去成為自己想成為的人。

這裡豐富的娛樂生活，常常會讓人短暫地忘記生活的曲折。人們在偶像們塑造的小世界裡成為自我，快樂的、熱血的、沸騰的、各種各樣的自我。

讓我記憶最深刻的一場演出，是樸樹的演唱會。偌大的場館，他是唯一的主角，燈光照在他身上，他仍舊是羞澀的。

他在開場的時候說：「謝謝大家來看我，今天其實有點不舒服。從一年前準備到了現在，也準備了幾身漂亮衣服，但是今天早上起來感覺不太妙，就趕緊讓家人把平時穿的幾身衣服送了來，總比演砸了好。希望大家不要介意。」

我們在場下動情地喊著：「樸樹，我愛你。」

「我也愛你們。謝謝你們來看我。」

我為你來看我而不顧一切，許多年前他就這樣歌唱著；許多年後，他仍舊在這樣歌唱。

假日我躲在家裡，把樸樹的《獵戶星座》全部聽了一遍，在公眾號上搜到了關於樸樹的微紀錄片《去見恆河》，這距離我懷抱著期待與顫抖買下了《獵戶星座》的那天晚上已經過去了一個多月。

而當時的我心裡只有一個想法：去見他，去對他說一聲「謝謝你」。謝謝你的歌唱告慰了我孤獨的夜晚，謝謝你的堅持讓我相信了「少年」這樣純真的字眼。

少年很難永遠是少年，在生活面前我們難免露出馬腳，顯得脆弱不堪，為了一份執著，耗盡半生力氣。

北京老牌的 Live house 麻雀瓦舍經歷了閉業後重新開業，開業當天請到的重磅嘉賓是老狼。我看到演出預告後和朋友們相約從北四環趕過去看他。

他沒有唱《虎口脫險》，但唱了《青春無悔》：「你說你青春無悔包括對我的愛戀，你說歲月會改變相許終生的誓言，你說親愛的道聲再見，轉過年輕的臉，含笑的，帶淚的、不變的眼。」

那麼滄桑的動人的聲音，在夜晚輕輕飄蕩著，從我的十八歲飄蕩到二十三歲，從大學飄蕩到工作，彷彿一根線在拉著我向前走。無論在什麼時候，只要聽到他的歌，就像在大海中遠航的孤船看到了燈塔，是那一點亮光，指引著我向前。

我要了一瓶百威，跟朋友碰了碰酒瓶，跟旁邊的人相視一笑。走過了青春，才明白成長有多麼不易，獲得一份體面的工作又是多麼艱難，不如將生活一飲而盡，明天醒來又是新的一天。

如同樸樹，如同老狼，是一想起來就會覺得充滿了力量的存在。只要他們還在唱，我們還在聽，日子似乎就總有好起來的可能，因為我們都還沒放棄呀。

後來我也獨自一人去看過周雲蓬的演出，《不會說話的愛情》在現場的演唱中更讓人擁有想要流淚的衝動。我讀過他的《綠皮火車》，一個九歲起就失明的人，卻比大多數人看得清楚。他從東北走向西南，從北方走向南方，寫下「北京像湯，老在加熱，能解餓，但不新鮮。」他用歌聲，用文字教我們如何跟命運相處。

沿著北京的深夜向四環之外走，耳朵中會久久飄蕩著他們的聲音。外面星光燦爛，我們雖然渺小如塵埃，卻依舊覺得浪漫。

正如周雲蓬說他是候鳥歌手，冬天去南方演，夏天到北方唱，春秋去海邊。這個城市的四季都不缺演出，來來往往，癡情如林宥嘉，熱血如五月天，青春如周杰倫，文藝如孟京輝，總有一種風格，讓你不再孤單。

3

我曾經問過一個很喜歡五月天的朋友：「你覺得他們帶給你什麼？」

她特別激動地說：「他們帶給我一切！」

勇氣、決心、自信、努力，是這幫人用二十年的時間寫給無數五迷的童話。

「你願意相信自己，可以擁有燦爛的時刻」，他們是這樣唱的，也是這樣做的。

我在鳥巢看過五月天，跟著藍色人海唱：「我不怕千萬人阻擋，只怕自己投降」。盛夏的夜裡，我旁邊坐著的是一個獨自來看演唱會的男孩，他一邊喊一邊用手機錄下現場激蕩澎湃的場面，在一首歌唱完的尾巴上，用手抹了抹眼角的淚。

他一定在這些歌裡得到過安慰，他一定暗暗咬牙，告訴站在舞臺上的偶像，謝謝他們的陪伴，他也要去成為心中期待的那個人。

音樂讓我們生活在同樣脆弱又假裝堅強的平行時空裡，無論是 love you 還是 hate you，都能在音樂響起的一刹那，擁抱最真實的自我。

在北京感到孤獨的時候，去聽一場 Live 吧！

在音樂的律動中，在眾人的狂歡中，在隨著人群大喊「我愛你」的一刹那，你或許會忘記凜冽的寂寞，從心中想要擁抱這個豐盛的、不排斥一切可能的大都市。

一個人紮根在一座城市裡，平時表露出的都是堅強、勇敢、一往無前的樣子，卻往往會在一場演出或展覽中潸然淚下。

那一刻，在歌聲裡，在話劇中，在舞臺上光華交匯的那個人說出「謝謝你們」的時候，我們會明白，我們並不是在獨自奮鬥。

Live in 北京，如同 Live house in 北京，無法被忽視的，是這些文化資源帶給我們內心的充實和飽滿。短暫一瞬間心靈的共鳴和告慰，足以溫暖我們獨自一人的漫漫長夜。

「夢要夠瘋，夠瘋才能變成英雄，總會有一篇，我的傳說。」謝謝北京，謝謝存在於北京大大小小角落裡的演唱會現場、Live house 現場、話劇現場、展覽現場，謝謝我們見證著彼此的夢想。

孤獨有時、失望有時，但建造有時、期待有時。我從東城奔向西城，從北城趕往南城，在一場又一場的 Live 中，感受著生存，也感受著生活。

念念不忘的北京書店

1

我對北京的很多地方都懷有很深的感情，尤其是書店。

在沒來北京工作之前，我曾經專程坐著綠皮火車來到北京東城區美術館後街的三聯韜奮書店，那個時候它剛剛宣布二十四小時營業。我懷著憧憬的心情走到了書店門口，既是為這個書店名字裡包含的故事，也是為北京的書店終於也有了舉燈長明的時刻。

「是誰傳下這行業，黃昏裡掛起一盞燈。」忘記從哪裡看來的一句話，每每我走進書店，這句話總在心間翻來覆去，彷彿書店不再是一間店，而是承載著書頁之間百態人生的魔法院。

書店裡的人熙熙攘攘，每一個書架前都停留著不少人，多是學生的模樣。在通往地下一層的臺階上，讀者席地而坐，一本本書被打開，彷彿是一種永恆的姿態。

書店很大，但你能聽到輕輕的走動聲和翻書的沙沙聲，還有收銀臺時而傳來的收銀的滴滴聲。我當時的心情就像朝聖一般，連翻書的動作都變得鄭重起來。

除了三聯韜奮書店，我還遊蕩過北京很多家書店。

在清華的旁邊、聚集著無數門店的成府路上，有聲名在外的萬聖書園，還隔著一條馬路的豆瓣書店，滋養了無數的學子和跋涉而來淘書的讀者。

萬聖書園大，不僅老闆名氣大，藏書也夠多，捨「店」而取「園」，是一種氣勢和決心。在這裡，理想和希望不斷成長和破滅，相互交織和影響。王小波筆下提到的「精神家園」，似乎在這裡找到了歸宿。

豆瓣書店極小，小到兩個人走在一個通道裡都略顯擁擠，但是店裡的書又很好，有一些舊書打折賣時，買下來極划算。收銀員只有一位小姐，當天去的時候我和朋友帶了拍立得，在書架面前相互拍照，她害羞地問可不可以幫她拍張照。在收銀臺前，她直直站著，沒有從認真的工作狀態中完全釋放出來，嘴角帶著笑。我把照片給她之後，她送了兩個文藝的書袋給我。我覺得這兩個小小的動作，像是愛書之人交付彼此的默契。

每一家書店都有不同的氣場，也有不同的沉澱。三里屯裡的言幾又和老書蟲就是不同的風格。

我是夏天去老書蟲的，拐到一個小院裡，踩著臺階走上去便會看見牆上貼著各式各樣的海報，暗示著這家書店的精彩。因為老書蟲在二〇一〇年被世界知名旅遊指南叢書《孤獨星球》（Lonely Planet）評選為「全球十佳書店」，且是唯一入選的亞洲書店，所以經常有文藝青年過來「打卡」。書店裡大多是外文書，但也有零零散散的中文書售賣，裡面是咖啡館，顧客點一杯飲品，就可以坐一個下午，空調開得很足。它的屋頂極高，整個書店有一種深遠遼闊的感覺。我在這裡讀完了劉瑜的《送你一顆子彈》，趁著夜幕剛剛起勢時，告別它來到了馬路對面的言幾又。

言幾又是一家成熟的商業書店，人流絡繹不絕，而二樓的咖啡區都要挑人少的時間來才能有位置。有文藝少女借位拍照，也有一些白領聚在樓上帶著電腦敲打著鍵盤，旁邊放著從書架裡抽出來的書。

再宏大些，有前門的 Page One 書店，我一走進去的時候，瞬間就感受到了氣勢磅礡。波赫士曾說：「我心裡一直都在暗暗設想，天堂應該是圖書館的模樣。」我想真正讓我看到了這番模樣的，正是前門的這座二十四小時書店。裡面各類令人眩暈的圖書讓人感覺可以在裡面進行藝術或文學的宗教祭祀。

2

二〇一七年一月，西西弗書店在北京的第一家店開業了。我跟好朋友一起跑到了藍色港灣，感受著書店裡的人流攢動。

這僅僅是一家普通書店，但它的名字總讓人動容。西西弗斯是希臘神話裡的神，他曾經一度綁架死神，讓世間沒有了死亡，後來因為觸犯了諸神，諸神便罰他將巨石推向山頂。可當他用盡全力把巨石推向山頂時，巨石就會從他手中滑落，重新回到山底，而他要做的，就是日復一日重複這無效的推動巨石的工作。

或許讀過的一本本書，就像一次次地朝山頂推動巨石，看似跟不讀書沒有什麼區別，可是每讀一本書的體驗，已經成為你脈絡裡盤根錯節的一部分。一本一本的書，就像一節一節的脊椎，穩穩地支持著閱讀的人。

你將成為你讀過的書，走過的路的總和。

我們把書店當作什麼或許並不重要，重要的是，它為我們帶來什麼。

對美好生活的嚮往，對小確幸的記錄，對新鮮知識的求索，我想我都在這裡得到過。

書店有活動時會清場，讀者大多只能在一樓的圖書區流動，二樓變成了活動區，時不時會傳來一陣掌聲和作者的對談的聲音。

這時候的書店不再只是提供圖書的場所，它擁有了靈魂，它所帶來的文化交流，讓書店變成了文字愛好者的大本營。在互動中有人誠懇地說出故事，有人收穫感悟。

我們分散在朝陽、海澱、昌平，一旦聽到自己期待的作者的聲音，就會從北六環、南三環各處趕來。彼此雖然陌生，卻因為在同一個作者的書中或文字裡得到過慰藉而拉近距離，彷彿一個人千山萬水的成長，只是為了跟身邊陌不相識的人說一句：「原來你也看過他的書。」

書不再是書，而成為千萬個讀者生命的總和，它從我們的感觸中來，在作者的妙筆生花中，成為讓更多人有共鳴的作品，而這作品裡幾萬分之一的生命力，就來自你我。

3

我有一個朋友，他心情不好的時候最經常去的地方，一個是網咖，一個書店，前者讓他徹底放鬆，後者讓他重新滿血。他笑著說，如果回老家的話，想去書店要騎半個小時電動車才能找到縣城裡的新華書店，可是北京不一樣，北京的書店就像便利店一樣方便，成為滋養我們的場所。

或許是因為在北京，書店已經成為我們生活的一部分，像吃飯睡覺一般平常、樸素，隨意走進一家書店，點一杯熱茶就能待一整個下午。

曾經有一次跟喜歡的男孩逛三聯書店，那個時候我還沒有養貓，但是很喜歡貓，那個男孩送了一本夏目漱石的《我是貓》給我，我當時覺得很是感動，湧上心頭的是夏目漱石的那句話：「今晚月色很美。」

我們有過很多種方式來向別人表達心意，比如鮮花或蛋糕，收到禮物的人會感動，但是並不稀罕，可是唯獨書，有一種長長久久的情意，有著一種記錄即永恆的剎那動人。

不久之後，那個男孩遠去南方，我們也無緣再一同逛書店。後來他說他去了廣州的方所書店，在通訊軟體上告訴我說：「有機會你一定要去一趟方所，你會愛上那裡的。」

去年過年時我去了成都的方所，踏進去時看著那種現代與古典交融的藝術感，竟然重新找回了初戀的感覺。

與其說北京的書店讓我念念不忘，不如說因書而有的際遇，讓人覺得感懷和溫暖。

這個城市沒辦法帶給我確定的人生或感情，但帶給了我更加寬闊的可能性，讓我這樣一個從小鎮走出來的小女孩，在這漫長渺小的人生裡，不願辜負每一個光輝時分。

一座座的書店立在我面前：「嘿，小女孩，你願意陪我去探索宇宙嗎？」而指尖劃過圖書時的聲音，像來自宇宙深處的風。

「我願意。」

愛上健身，就是愛上擁有無限可能的自己

1

我在二十一歲那年，有一個很喜歡的男友。喜歡到什麼程度呢？幾乎每天都要打好幾次電話，空閒的時間都會傳訊息給他。他加班，我就等到晚上一點，等他忙完給我打一通電話說晚安。

我們看起來很甜蜜，但是有個唯一的缺陷：在他眼中，我是一個有點胖的女

孩。

吃飯的時候他會提醒我少吃一點，沒事的時候會建議我去報個健身班。我當時不以為意，認為如果他足夠喜歡我的話，又怎麼會太過在意我的肥瘦，而忽略我們默契的靈魂呢？況且他一邊說，還一邊往我的碗裡夾菜。

直到某一天，我們聊到了未來。他不經意地說了一句：「等你瘦到四十八公斤的時候我就跟你結婚。」我甚至帶著點甜蜜和期待地問：「真的嗎？」他說真的。

我把這句訊息截圖做成了手機桌布，然後開始跳繩，跳了一周後，堅持不住了。接著我便開始節食，節食三天後，第四天吃的飯比前三天的總量還要多。

我嗲嗲地跟他說，減肥好難哦，不減好不好？他在螢幕的那一頭回覆「好」，只是逐漸沒有了最初的熱情。

再後來，我失戀了。他說他可能真的沒辦法接受特別肉的女孩。是誰說的「好看的皮囊千篇一律，有趣的靈魂萬裡挑一」？站出來，我保證不打死他。

我可以跟他聊胡蘭成、張愛玲，幫他做活動方案，可是就是沒辦法變成他理想中有胸有腰的妹子。

我在訊息裡寫過很長的一段控訴，來回應他對我的挑剔和打擊，告訴他我不減肥並不是因為不夠愛他，只是減肥真的太難。

他後來回覆說和我分手並不是因為我太胖，而是因為他難以相信控制不住自己身材的女孩能接受得住生活的打擊和誘惑。

我當時把他設成黑名單，憤憤地想：呸！渣男！

2

就這樣，我繼續胖了兩年。

我不懂克制，也不知道減肥的方法，無論是跳肚皮舞還是鄭多燕減肥操，都是三天打魚兩天曬網，辦的健身卡去過三次之後就不知道扔到了哪裡。

直到今年過完年一站上體重計，六十公斤！我可是一隻連身高一百六十公分都不到的哈比星人，標準體重應該在四十五到四十九公斤啊！

我突然下定決心不能再胖了，於是辦了一張健身年卡，請了一位教練，開始了未知又漫長的健身之旅。

我在微博上看到有個女孩說：「雖然說人有很多種活法，也有不同的出路，但此生如果不能當一回堂堂正正的美女，也實在是太遺憾了。」

沒有徹徹底底地為減肥這件事奮鬥過，常常半途而廢又安慰自己，看著「微胖才是女孩最好的樣子」這樣兌了無數水的雞湯味同嚼蠟的我，終於還是鼓起勇氣說，給自己一次機會。

Keep說「自律給我自由」，我很喜歡的一個女神也說「沒有原則就沒有自由」，我關注的一個健身達人也特別隨意地曬體重，說「能夠自由控制體重的感覺真的太好了」。

知識網站上關於「減肥對一個人容貌改變有多大」的問題已經有幾百個回答，而我，為什麼不能是其中一個呢？

健身是一種什麼感覺？

大概是一種重生，也是一種修煉。它讓你意識到，你吃過的零食、熬過的夜、喝多的酒、愛錯的人，都藏在你的身體裡。相對的，你跑過的步、流過的汗，都體現在你的腰線和身材上。

我懂得了克制的迷人之處，也理解了一分付出一分收穫。

時間用在哪裡是看得見的。

健身房果真是一個你付出愈多就收穫愈多的地方。

有人一周來五天，來了就開始練；有人一周來一天，隨便跑跑步舉個啞鈴之後，就開始各種找位置擺拍，幾十張照片裡選出一張滿意的，發完朋友圈後就匆匆離開。

我用了兩個月，瘦了六公斤，幾乎所有的朋友都說我健身之後整個人精神都好了。舊衣服套在身上，鬆鬆垮垮，彷彿生長出了新的靈魂。

我站在鏡子前，看著自己已經若隱若現的線條，終於明白了什麼叫值得。

3

健身大概是最值得經歷的一次人生重塑之旅了。

我有一個朋友失戀了，他的女友劈腿，趁他出差的時間進行了大規模的撤離，等朋友回到家的時候，連牙刷都沒留。

他喝了兩個月的酒，頭髮從短髮變成長髮，鬍子從少年變成大叔。誰也不知道該怎麼拯救他，似乎只能靠時間。

後來他開始健身，每天六點半起床，健身一小時，然後再去上班。晚上即使加班，也要先去公司的健身房鍛煉一小時。

他週末去學游泳，拒絕澱粉，一有空就出去旅行，然後在他的朋友圈裡，出現了每天在旅行當地健身房裡的打卡照。

一年內他瘦了十公斤，整個人看起來神清氣爽了不少，我們每次見到他都覺得神采奕奕，有了新的精氣神。

聽說他在工作中也有了很大的提升。

壞的愛情隨時都在發生，但是在那段愛情裡壞掉的自己呢？唯有自己可以拯救。

我終於明白為什麼一個人失戀的時候最容易去健身了。因為這是一個讓自己變瘦變美，從而忘掉過去、展望未來的最好的辦法。

我們一定都經歷過在愛情失敗後否定自己的時刻。而健身的意義，就在於讓你期待一個瘦下來的全新的自己，重新肯定自己。

你幻想著自己未來某一天可以眉眼精緻、腰細臀翹地走到他面前，狠狠地說一句：「多謝你當年不娶之恩，老娘現在可以找到比你好一百倍的了。」

健身房裡就有一個女孩，因為生病吃藥胖了十公斤，慘遭男友分手，於是咬牙在健身房跑了三個月，瘦了十公斤。她本來期待著在某個能跟前任不期而遇的瞬間驚豔一把，讓他聲淚俱下，後悔當初；可還沒偶遇呢，她便找到了新的男友。我翻了她的朋友圈，都是甜蜜的粉色泡泡，兩個人約會、旅行，契合得彷彿天生一對。

我問她：「現在你還期待著跟前任相遇，驚豔亮相嗎？」

她笑著說：「這件事，早忘了，他已經從我生命裡退場了。我憑什麼要讓他後悔難受啊，我對他最好的報復就是忘記他。我現在健身就是為了自己，為了讓自己變得更好。」

4

我在工作中遇到過一個女神級的姐姐，她是八年級後段班，現在已經是某個集團公司的總經理。

我不知道她保持精力有多少祕訣，但我知道，健身一定是其中之一。

她可以在候機的時候做五十個伏地挺身，也可以在每天開N個會之後，去健身房打卡兩小時。

只有足夠堅持，才配得上足夠任性。她說，只有一個強健的身體才能支撐起齷齪的靈魂。

我以前不屑於健身，因為覺得沒有必要塑造成一種完美的體態；我相信愛情的多樣性，也相信生活有更多選擇和更多歡樂。但是當我真正接觸到健身，以及它帶給我和我身邊人的改變，我才意識到：健身是很好的鍛煉。

可能會有很多事情會阻擋你去健身的腳步和頻率，比如今天有飯局，今天加班，今天生理期來，而只有一件事是你要思考的：如何讓你的堅持對抗時間。

在這個大城市，你總能發現健身房裡有無數精力飽滿的人，他們在推舉、在跑步、在游泳，在給自己的生活以無限動力。

這是大城市給我開的另一個眼界：愈是需要高強度應付工作和生活的人，愈懂得擁有一副好體魄的重要性。

如果你意志不夠堅定、身體不夠健康，繁忙的工作和擁擠的通勤會輕而易舉地壓垮你，快節奏和高壓力會讓豐滿的夢想消瘦，也會讓自己被愈來愈沉重的心態拖累。

或許一開始去健身是因為自卑，但是堅持健身，會讓自己愈來愈有自信。健身也好、游泳也罷，或者去攀岩、登山，這種對於身體的尊重和鄭重，得到的回報亦是豐厚的。

有人問我說：「健身後你有變得快樂嗎？」我說：「有的，它讓我明白人生如同健身一般，唯有打破舒適區，才能找到突破口。」成長需要進行一些抗阻訓練，包括自己的欲望、抗壓力，以及自制力。

不甘心的時候就是在進步，痛苦的時候就是在成長。

健身，是保持一種狀態，一種青春的、永遠不滿足的狀態。

我們需要的不是為了某個人去變得更瘦更美，而是用我們無窮的動力和耐心去餵養我們的靈魂，不至於讓它在平庸的日常被消磨殆盡。

我的 155cm life

1

從國中開始身高就是一百五十公分的我，在後來的十年裡，抱著再長高一點點的期待；直到二十五歲，也只是長高了五公分。

國小一年級的時候排座位就在第一排，直到上了大學，可以自由找位置坐之後，我才擺脫了「第一排」的噩夢。

還記得我上國中的時候在課上打瞌睡，一個趔趄後睜開眼，發現老師剛好在距離我五公分的前方直直地看著我，目光簡直像穿透人的X光，嚇得我一個月都不敢在課上走神。

我在學生時期最討厭的一件事情就是體檢，尤其是要把鞋子脫掉後測身高。更為厭惡的，是到了高中後，測試儀器有了語音播報身高、體重的功能，每次我聽著身高的數字被播報出去，總有一種羞恥感。

在《致我們單純的小美好》裡，小個子的陳小希和一百八十八公分高的江辰談著戀愛，畫面總是甜膩又暖萌，最萌身高差的洗版也讓人期待不已。

然而現實是，從小學開始，就會有一些愛捉弄女孩子的男孩們不懷好意地在背後喊我「小矮子」。

我憋著氣握著拳頭轉過去看著他們，可是身高、力量的懸殊太過明顯，最後也只能說句「你再這樣說，我就去告訴老師。」

可他們簡直是囂張得不可一世，老師們早已放棄他們，任由他們在校園裡打鬧作弄，可是我一個堂堂正正的好好學生，卻因為這一聲聲的外號埋下了自卑的情緒。

那時候我的偶像是鄧亞萍，崇拜她的原因並不是她的乒乓球打得多厲害，而僅僅是因為，她是我從電視上看到的最厲害的「小個子」。

比起有人人豔羨的大長腿、讓胡蘭成驚呼「你這麼高，怎麼可以」的張愛玲，鄧亞萍的出現，多少讓我擁有一點「未來也會過得風生水起」的希望。

身為小個子，十八歲以後我的鞋子通通都是厚底鞋、高跟鞋或內增高鞋，只要是三公分以上，出門的時候我就會更有自信一點。

我喜歡穿高腰褲，或者是把上衣紮進褲子裡面，儘量讓腿看起來長一點。哈比星人的小心機總是層出不窮，網路上的分享文也是一篇接一篇。

我常常會因為腳太小而買不到合適的鞋子，因為即使是一樣的尺碼，也會因為品牌的差異有一些誤差。

個子小的人力氣也小，只要提太重的東西，我就要走五步停三步。從超市購物拎回家的時候，手掌常常會被勒出一道紅印子，要過好久才能消下去。

擠地鐵的時候，由於個子矮的緣故，我常常被擠到摩肩接踵的人群中，連鼻子都沒辦法呼吸到上方的空氣，只好在下方混雜著各種氣息的空氣裡努力伸出手捂在嘴上輕輕吐一口氣。

我偶爾會因為地鐵的臨時暫停而左仰右搖，因為對於我來說，需要使勁伸手才能抓住拉環，要想保持平衡更是難上加難。

人生雖然因為個子小有著各種各樣的煩惱，但是一出現什麼事，我也會略帶慶倖地想著：「怕什麼，出了事有個子高的頂著呢！」

這也算是「個子雖小，卻尚稱努力上進」吧！

2

我身邊有幾個個子跟我差不多高的朋友，說起來好像也有同類相吸的原因，大家都經歷過在青春期被無知男生嘲笑的時刻，也有過一次次站在牆邊看著刻度尺希望自己再多長高五公分的時刻，當然也有因為身高的問題遭遇種種苦惱的瞬間。

我的朋友雯雯是和我一樣的哈比星人，一百五十五公分左右的身高。她在國外留學五年，畢業後進了人人豔羨的投資銀行，第一個月拿到的薪水是我實習工資的五倍。她和男友長跑三年，卻突然跟我說和男友分手的消息。分手的理由，竟然是男方的父母嫌雯雯長得太矮了。

聽起來覺得好笑，男方父母表面上鄭重其事，充滿熱忱：「雯雯，我們都覺得你挺好的。」然後透過兒子委婉地拒絕，「為了下一代考慮，還是想讓我們家兒子找個高一點的女孩。」

雯雯深夜給我打電話哭訴：「我這個身高是我爸媽給的，我能怎麼辦？想分手就早說，何必要說這麼不三不四的理由？」

我也倍感憤怒地跟著她一起吐槽：「就是，這也太欺負我們哈比星人了吧。」可是她還在繼續哭訴，我就認真地跟她講了句：「真正愛你的人，又怎麼會在意你的身高呢？況且，我們的身高，又不影響我們的優秀。」

一場失戀心碎之旅成為了我們對身高觀、人生觀的深入探討，最後，我們總結成了五個字：「這都會過去。」據說這五個字是古代國王讓大臣四處尋訪人生的真諦收到的答案，對於我和雯雯來說，是歲月給的最好的答案。

你如果愛我，就不應該是愛父母期待中的我，也不是愛幻想中的我，而是真實中與你並肩的我。

哪怕我不夠高，但我依舊有踮腳陪你看世界的勇氣。

如果你沒辦法愛上我的嬌小，那就請離開，我會很難過，但是難過也會過去。

隔了幾年光陰去看，當年的自己是那麼脆弱敏感，不值得一提。可站在此刻，清風颯遝，抖落自己身上落過的塵埃，才明白是勇敢、自信、樂觀，讓我們成為了現在的自己。那些曾覺得黑暗無望的日子，已經成為了無足輕重的過往。

聽起來好像日子會過得有些艱辛，連初次認識的朋友都會不自覺地把我歸入嬌小的一類，可是我，才不是那種風一吹就倒、毫無力量的小女孩呢。我的外表看似嬌小，內心卻早已擁有了對生活運籌帷幄的力量。

雖然也學會了自嘲，可是我愈來愈堅定地相信，無論自己是個怎樣的人，是女生還是男生、是開朗還是內向、是小個子還是傻大個，我都應該擁有由自己去判斷的人生。

我要儘量地讓自己滿意，儘量地自給自足、自娛自樂，找到人生的樂趣和歡愉。

3

雖說是小短腿，但我也收穫了對於服飾搭配的知識，知道怎麼樣顯腿長，如何藏肉，把最好的一面呈現給大家。

即使我不容易買到鞋子，但多逛幾家也能找到合適的品牌，意料之外的收穫是，會因為小尺碼的鞋子買的人不多而常有意外的折扣，用五折的價格買到喜歡的鞋子真的會有賺到的感覺！

從超市提了幾十次的購物袋到家之後，我發現自己的承重力也愈來愈強了，即使是在辦公室唯一男同事休假的時候，也可以鼓鼓氣扛著一桶水換上去；帶著奶奶來北京遊玩的時候，可以扛著十多公斤的輪椅上下地鐵。

看似艱難的事情，只要轉到生活的背面去看，依然有著會心一笑的滿足時刻，依舊有著星辰與光亮。

高木直子有一本書叫作《150cm life》，在封面上寫著：「既然不能改變身高，那就改變心情吧！」

歲月送給一個女孩最好的禮物，是誠懇地愛上自己。

小個子又如何？其實上帝賜給我們最珍貴的視覺和角度，每個人都不一樣，但也因此可以擁有自己獨特的經歷，看到不同的風景。

我們介意的或許也並不是自己個頭小，而是自己跟別人不同這件事，以為少了的那一小截身高，會讓人生少了很多樂趣、少了很多捷徑，甚至放在感情裡，都會成為情感的芥蒂。

可是我愈長大愈明白，所謂的人生啊，並不是一味地想要更加完滿的生活和更加被寵倖的天賦，而是擁有了什麼，就接受什麼，然後去創造，去突破。

畢竟短的是身高，長的是人生啊！

想談戀愛這種病，養隻貓就好了

1

不知道從什麼時候開始，很多獨自生活在大城市的人，都有一個小小的願望，是擁有一隻貓。

就比如我，之前很恐懼與某種動物產生過於親密的連結，因為害怕自己沒有照顧它的能力，但是在我的貓奴朋友們長期曬貓的誘惑下，我漸漸對這種毛茸茸的、有著自己小世界的動物產生了日漸濃厚的好感。

貓，大概是近幾年的網路熱門款了。愛貓人士都在各個社群平臺上如火如荼地討論著追貓和分享吸貓的話題。

不需要太大的空間，即使是住在三坪的租屋處裡，你也可以跟貓咪一起生活。

貓和人的關係，彷彿像是愈來愈理想的人際關係，各有各的思想和空間，偶爾黏膩，平時卻互不干擾，只要定睛看著，就會心生歡喜，成為柔軟而清醒的存在。

但是也有很多時候，它們高冷、傲嬌，把主人視為糞土，只要貓咪感到稍不如意，直接就是大爪子伺候。有人說喵星人是成功佔領了地球的外星生物，我想大概就是這樣吧！

也許，我們在喜歡貓咪的時候，也是在慶祝網路帶給我們的獨立和自由，以及容許我們像貓一樣，在某段時間裡「自私」地活給自己看，而不必像狗一樣真誠開朗，充滿了對主人的喜愛。

我一個人的時候，養了一隻貓。

2

單身了很久之後，我從朋友那裡領養了一隻不足兩個月的小奶貓，給牠取名叫黑八。

黑八是指撞球裡最重要的一顆球，同時，牠也成為我生命裡不可取捨的一部分。

貓是領域性極強的動物，來到家裡後，牠也以獨特的方式宣示主權：打翻了我的花瓶、弄壞了朋友送的畫，下班回來後，竟然發現牠在我的地毯上撒尿……。

週末的時候我在家裡來了一個大掃除，一邊嘮叨一邊意識到自己已經為這個新來的小朋友改變了習慣，因為需要照顧到它的習性，所以把家裡尖銳的東西統統收進了櫃子裡，花瓶和畫全部放進了客廳。

當我筋疲力盡地癱倒在床上時，牠卻依舊在我的床尾蹦來蹦去，盯著逗貓棒，想讓我陪牠玩。我長吁一口氣——又倔強，又溫柔，這樣的生物不知道是我在馴養牠，還是牠在馴養我呢？

是牠在警告我，不要妄想改變牠，不要想著用愛去感化牠。我是愛牠的，但牠仍舊是自由的。

我在愛一隻貓的時候，也在練習如何愛一個人：學習看到他本來的樣子，而不是期待他像我所期待的那樣，學習如何慢慢地跟他愈來愈親密。雖然這很難，但是值得。

《小王子》曾經說過，如果想要馴養一個人，就要做好流淚的準備。馴養一隻貓同樣可以遵循這個「流淚哲學」。

黑八來到我家裡的第二天，就出現了尿血的症狀，我拍了照片給養貓的朋友，他也並不清楚是什麼原因。

我當時還沒有買帶貓出去專用的太空籠，就找了一個帆布包裝著牠搭計程車去最近的寵物醫院。在路上的時候，我跟這位見面不久的小朋友不斷地說：「不要害怕哦，我們等一下就好了。」

牠仍是一副大無畏的樣子，好奇的小腦袋東張西望，可是一下車，看到陌生的環境，牠還是會害怕緊張，用小爪子緊緊摳著我的肩膀。

接下來有醫生接診，幫牠量體重、測體溫、打針。回去的時候，醫生叮囑我：「你要多注意牠的情緒，牠可能是到了新家不適應，你要多陪牠玩一下。」我像個不盡責的媽媽，被批評後連連點頭：「好的好的，我會注意的。」

結果到了第三天，牠就好了起來，彷彿前一晚的急診像是給我的警示：「如果不照顧好我，我就繼續折騰你哦！」

在我獨自生活的那段日子裡，是黑八教會了我該如何去愛。

3

人與貓的相處真的不是三言兩語就能說完的。

你睡覺時，牠靜靜靠在你枕邊，那時候的感覺是依賴；牠伸出爪子抓你新買的毛衣，靈活地勾出毛衣的線，讓你氣急敗壞，那時候的感覺是麻煩；牠到處扒拉吃的，無比熱愛翻垃圾桶，還把鮮食包和貓飼料撓出無數個洞，你好氣又好笑地想著，沒有你牠該怎麼辦呢？

我原本以為我喜歡貓，但喜歡起來也很曲折，各色滋味在裡面，摔壞了化妝瓶也想打想罵，可是當牠它毫無防備地露出小肚皮，撲向你時，還是選擇了把心軟下來。

或許貓咪的存在，就是為了讓你把心軟下來，就像木心說的那樣，「不知原諒什麼，誠知世事皆可原諒。」

我一直在想養貓的人都有什麼共同點。後來我想了想，我們大概都是內心有很多很多愛，卻無處給予的人吧。現實中不敢一往無前地愛，就把愛都給了這個冤家。

貓奴在養貓中體驗的是無條件付出和愛。既然沒辦法毫無保留地愛一個人，那就毫無保留地愛一隻貓吧。

人們巨大的熱情與愛不知道該給誰，是寵物提供了一種格外簡單的接納：只要你愛我。我們的孤獨感到了這樣一種境地：僅僅是有一個東西願意接受你的付出，就已經能讓你淪陷。

我們從貓咪身上學到，幸福是溫暖而柔軟的東西，也許就在身邊，不在別處。

這個世界是多麼冷酷，然而，待在貓兒身邊，世界也可以變得美好而溫柔。

4

據說對於有抑鬱症或者心情低落的人來說，養貓同樣是個很不錯的選擇。陪在身邊的寵物，是在殘酷世界能找到的不多的溫柔一角，也是傷痕之上的毛絨OK繃。

牠們不僅僅讓人在精神上感到放鬆，所發出來的呼嚕呼嚕的振動頻率（二十五～一百二十五赫茲）也和醫生在治療骨折、傷口癒合、調整呼吸混亂、控制關節疼痛的振動療法中的振動頻率正好落在同一個範圍內。

與其說是我在養貓，不如說是貓在拯救我，是牠把我從荒蕪浩渺的虛空中拉出來，拉回到現實中的吃飯、睡覺和鏟屎中。

貓是一種活在當下的動物，與人類不同，對於牠而言，時間唯有現在。人大腦外側的新皮質，是負責時間概念的部位，而貓與人類不同，牠們沒有新皮質，也就沒有時間的概念，所以每天吃同樣的飼料、在家裡過同樣的日常，也不會感到無聊。

像貓一樣活著，或者跟貓在一起生活，突然會明白「一期一會」的珍重。開心時，牠會盡興而歡；不開心時，牠會待在屬於自己的角落，眺望遠方、埋頭大睡，總之並不會打擾你。

我們不必在乎別人希望我們成為誰，而是應該思考自己是誰。就像牠一樣，選擇一個時間，只活在屬於自己的世界裡。

在知識網站上，我看到有個「養貓是怎樣的體驗」的問題，我想了想，然後寫下這樣的回答：

牠靠在我肩膀上，發出咕嚕咕嚕的聲音。

牠就勢斜躺在地上，露出柔軟的小肚皮。

牠不經意地從床邊跳到你肚子上，給你重重一擊；在你大吼之前，又伶俐地跳下床。

牠蹭到你的手邊，毛茸茸的額頭渴望被你撫摸，往前伸一伸頭，再蹭蹭你的手。

牠靠著你，在你難過的時候讓你隨意撫摸，在你開心的時候拿爪子對抗你。

牠躲著你，因為不小心打碎了你的護膚品、你的飯、你的各種東西而被你大吼，牠便躲在房間最角落的地方，蜷縮在一起。

牠黏著你，在那個熟悉的放著貓糧的箱子旁，為馬上能吃到小魚乾和鮮食包而歡心跳躍。鮮食包剛剛一打開，它的小舌頭就伸過來，小鼻子常常因為專心致志吃東西而染上了淡淡的褐色。

牠有時候懂你，你哭的時候，牠就靜靜趴在你身邊，不會說話，卻懂得陪伴。

牠有時候不懂你，即使在你快上班遲到的時候，也想要你陪牠一起玩。

牠喜歡你吃的一切食物，帶著十足的天真去扒你的碗和你的外送，甚至你的垃圾桶。

牠喜歡一切高的地方，窗簾、冰箱、書櫃，牠的征程是最高的地方。

牠靈活，彈跳力十足，像是國家隊的種子選手。

牠安逸，就地而躺的姿勢，像足了貪戀歲月靜好的佛系少年。

牠機警，一點點輕微的聲音都能讓牠進入備戰狀態，也並不是能完全守護你，可是你還是有一點安心。

牠自私，喜歡你的時候不停地撩你，不喜歡你的時候像個提起褲子不認人的負心漢。

牠會生病，你放在外面的修眉刀可能是它驚奇發現的新大陸，而利刃劃過貓爪的痛，你如果不注意，就會任其傷勢嚴重。

牠會不開心，你不回來的時候想你，你回來了忽視你，可是總體來說，牠還是會很想你。

牠是一隻貓，但又不僅是貓。

牠是你呵護的、照顧的、陪伴的，也是照顧你的、陪伴你的。

牠和你之間有一點點的疏離感，有一點點的親密感。

最重要的是，你通過毫無保留地愛牠，學會了如何毫無保留地愛人。

想談戀愛這種病，養隻貓就好了。

為什麼我們既想要獨處，又害怕孤獨？

1

閒來無事，我在微信指數上搜索了「孤獨」二字，資料是「3777061」，想來世間茫茫，大多數人都是孤獨的信徒。我又搜索了「享受孤獨」這個詞，指數只有寥寥的「16606」。

對於很多人來說，「享受孤獨」不如「忍受孤獨」來得貼切，因為真的很不習慣忍受一個人的時光。

人人生來喜歡陪伴與分享。從小時候咿呀學語時身邊要有大人的應和與鼓勵，到垂垂老矣時，盼望兒女承歡膝下，回憶往日時光裡的平凡瑣事。

我們可以抗拒孤獨，卻不能抗拒這個事實：行走世間，我們大多時候都是孤身一人。

二十幾歲的年輕人大多都在經歷著人生中最重要的時刻，也經歷著一生中最艱難的煎熬。

男女朋友像失蹤人口一樣不明蹤跡，偶爾因為工作中一個失誤而影響了團隊進展要自責好半天，前方是一片看不到盡頭的密林，只能一個人孤獨前行，不確定目的地，甚至連是否迷路也不能確定。

我週末獨自在家看了一本小說叫作《白色流淌一片》，作者蔣峰借主角許佳明的口吻說：「我二十二歲那年過得很不好，但我不會一生都過不好。」

是的，只要心懷恐懼依舊前行，一定能在幽暗之中尋得光芒，走向前方。

但是二十幾歲的人生，夾帶著他人結婚生子帶來的急迫感，尋求著自我實現的成就感，對家庭交代的責任感，在選擇妥協還是堅持做自己之間搖擺的不安定感，整個內心就像大型的車禍現場，淩亂不堪，然後陷入一輪又一輪的孤獨。

到底怎樣才能擺脫那種巨大的孤獨感，活成自己期待的樣子呢？

在回答這個問題之前，我想說一個自己曾經喜歡過的男生Z。

喜歡上Z的時候我已經不再處於青澀懵懂的少女時代了，我工作了幾年，談了幾次不好不壞又沒有結果的戀愛，會寫一些專欄稿子告訴大家什麼是愛，但我的心裡仍舊是空的，我渴望被大家關注和喜歡、渴望被人群圍繞著，像一個巨大的局，永遠不散場。我獨自一人時，總是沒辦法自在處理好生活的節奏，常常走著走著就慌了，左顧右盼，生怕不再遇見同一條路的人。

可是喜歡上他，讓我的那段日子裡充滿了智慧與能量。

我曾受邀到Z的家中做客，看見他家中有兩個放滿了書的書架，一張極其舒適的躺椅和一盞落地燈，這幾件傢俱構成了他獨立於世界存在的另一個空間。

他告訴我說：「在為生活奔波的日常中，你覺得自己只是在疲憊徒勞地挖坑而已。只有在這段獨處的日子裡，你才能不發一言，往心裡慢慢地填著鬆軟的土。」

他是在朋友中侃侃而談的紳士，也可以是靜坐家中，獨自泡茶看一天書的隱士。在他的身上，我看到了一個豐富的人的多面性，看到了健談與獨處是如何在他的身上交匯成一條生生不息的河流，充滿了力量，也充滿了可能性。

這段喜歡並沒有圓滿的結局，但是從他的身上，我學會了如何清醒地迎合社交和社會規則，也清楚了自己應該花更多時間追求更加深刻的事物。

總是會有一些人，闖進你的生命裡，帶你看過一段不同的風景，也從此讓你知道了自己還可以過與別人不一樣的人生。

再後來，有許多人問我一個人獨自前行堅持寫作是什麼心情，我想起的不是孤單和路長，而是波瀾壯闊的大海和天空中耀眼的星光。

2

真正的獨處是一種需要。你需要體察自己的內心，並且保持內心最深的悸動。

關於人生的困惑，我的好朋友陶瓷兔子給予我一句非常有力量的解決方案：「人生八成的問題都可以靠閱讀量解決。」

關於愛情的困惑，我去讀了《愛的藝術》和《愛情筆記》；關於心理學的知識，我去讀了動機在杭州老師的《幸福課》；關於溝通的難點，我從《非暴力溝通》中獲益匪淺；而對哲學的淺嘗輒止，我從《哲學家們都幹了些什麼》入門。

讀書的人總是低頭看書，忙著澆灌自己的饑渴，他們讓自己成為敞開的桶子，隨時準備裝入更多、更多、更多。

除了閱讀，我喜歡的另外一件事就是健身，或跑步，或游泳。

Z曾經說，他跑步時什麼都不想，只靜靜感受自己的呼吸聲。

作家村上春樹說：「一天跑一個小時，來確保只屬於自己的沉默的時間，對我的精神健康來說，成了具有重要意義的功課。」

至少在跑步時，你不需要和任何人交談，不必聽任何人說話，只需眺望周圍的風光，凝視自己便可。這是任何東西都無法替代的寶貴時刻。

除此之外，寫作簡直是獨處的最好拍檔了，這是一種獨屬於自己的、對世界的表白。

它給了我獨處的空間，一個我自己的「房間」，給了我生活需要的「暫停鍵」，讓我對過往的經驗和收穫一一梳理，內心的聲音也會因此而變得更加專注，更加強烈。

我堅持每週在公眾號上寫三到四篇文章，保持每週一萬字以上的輸出，同時為其他平臺寫專欄，此外還會利用碎片化時間在知識網站答題、在豆瓣寫寫書評，從文字的流淌中感受生活過的痕跡和日漸豐盈的成長。

3

二〇一七年的時候，我獨自去聽了林宥嘉的演唱會，揮舞著螢光棒聽他在現場唱了《我總是一個人在練習一個人》：「一個人去上班，又一個人去吃飯……我不孤單，孤單只是情緒氾濫。」

對於我來說，愈長大愈覺得，一個人要練習的並不是習慣孤獨、習慣寂寞，而是如何經營好一個人的世界，學會跟自我相處，自得其樂、自給自足。

曾經覺得孤獨也好，單身也好，都是需要克服的事情，可是對於現在的我來說，它們似乎都不再是難事，跟呼吸、吃飯一樣，是一種平和的狀態。

做自己熱愛的工作、用自己賺的錢、租自己喜歡的房子、買自己喜歡的包包口紅、看自己期待的演唱會，是我這二十多年以來，覺得最驕傲的事。

你有沒有在大城市獨自過好生活的欲望？

我最喜歡山本文緒所談到的觀點：「開始一個人生活後，擁有足夠的時間獨立思考，跟內心的自己交流，也擁有了一個重新認識自己的機會；不用聽從別人的意見，一個人靜靜地思考並做出決策，反覆地自問自答，能擁有這樣的時間，很重要。」

其實，在孤獨的時候，你對陪伴的需求並不是硬性需求，你對成為更好的自己才是。

你要知道啊，世間所有孤獨，都是放錯位置的禮物。而你我終其一生，把人生拆了又拆，終於在某個時刻恍然大悟，你在孤獨中遇見的最好的那個人，就是自己。

願你我都無懼做孤獨的朝聖者。

願你永遠不要捨棄獨處，即使你會孤獨。

/ 3 /

THREE

和這座城相互成全

媽，我不是不想回家，我只是有點怕

1

當病房裡只剩下我和媽媽兩個人的時候，我們的爭吵爆發了。

無疑是她說起要我回家考教師資格的話題被我無所謂地拒絕之後，她忍了半個下午，終於在其他病友離開後，以眼淚做為導火線，在寂靜中爆發。

「你以後別回來了，你就在外面漂著吧！我就當沒你這個女兒！」

我背對著她坐在隔壁的病床上，我以為這次關於「回不回家」的爭論會像往常一樣被一筆帶過，她會接受我一貫言之的「再玩兩年就回家」。

「媽，妳怎麼啦？」兩分鐘後我聽不到她嘮叨了，就知道她肯定哭了。我轉過身看到她眼眶紅紅，手裡拿著被眼淚浸濕的紙巾。我伸手去給她拿新的紙巾，她一把把我推開：「別管我。」

一秒鐘之後我意識到這裡是病房，她右手插著點滴，左手拿著紙巾，這次爭論因為環境的特殊而上升了一個檔次。

我看著她的眼睛，有無助也有無奈。我低頭看著她的頭髮，白頭髮竟然變得那麼多，她的手，又多了兩道裂紋。

即使這次我是知道了她血壓高之後，第二天就趕到家陪她去做檢查，但是今年已經進過兩次醫院的她，因為對於愈來愈頻繁的病痛感到恐懼而渴望抓住點什麼。她太害怕以後自己生病沒有人及時來到她身邊。

幾乎從我到北京後，每次回家她都會輕輕問我一句，今年回家考個老師吧？

「好好好，我再過兩年就考。」

一句話躺過寒暑和春夏，在她的心裡躺成了一塊心病。

「當個老師挺好的，有寒暑假，薪水也穩定，至少是個公家單位。」

我理解媽媽，理解她渴望承歡膝下，理解她希望女兒常伴左右，如小時候依偎在她懷裡親口承諾的一般「做她的貼身小棉襖」的心思，理解她不希望我一個女孩子一直在外面飄飄蕩蕩。媽，其實不是我不想回家，只是，只是我有一點怕。

2

我上了十二年的學後離開了家鄉，來到大學，見識了外面世界的繁華與精彩，我的脖子就因為仰望那些美好而仰起來了。

一旦脖子仰起來了，就很難低下。

我喜歡北京，儘管霧霾重重，困境頻現，但是我喜歡那種只要不斷地昂著頭就能向自己的理想生活一步一步靠近的感覺。

我不知道這種感覺是不是錯覺，就像前赴後繼來到這個燈紅酒綠大都市的異鄉人一般，我們站在天空下，彷彿能嗅到夢想的氣息，其實那不過是霧霾的味道。

以一種更體面更光榮的姿態追尋自己的心之所向，而非一邊咒罵著家鄉一邊在它的溫床裡殘存——這是我，一個對未來仍有迷茫和不安的青年人做的選擇。

我希望我能在大城市的夜色裡為了自己的專案加班，而不是在家鄉的小城市裡抱怨今天的開銷超出預算。

我希望我能在年輕的時候體驗更豐富的生活，見識更多選擇、更多快樂，而不是在單位與大媽們討論家長里短時被她們的價值觀所壓迫。

我也怕即使自己這樣堅持，不過仍是滄海一粟，仍是歲月長河裡毫無意義的一粒沙。

正如你說的——「那些所謂的加班獎金專案有什麼用呢？它能讓你有穩定的事業，中意的感情嗎？」

如果我因為種種的不確定回到家鄉，無異於自己親手打碎了我用十八年的成長構建的價值觀，即人不值得為了喜歡的一切付出所有。

你說的一切最糟糕的結果我都想過，我可能買不起房、找不到很好的男朋友，也無法走上人生巔峰，享受所謂的光華交匯。

北京不會給我們每個進城的青年留一間房子，但留下的，是一個奮鬥的空間和公平競爭的環境；給予我的，是一個足夠寬容和開放，讓我能夠更大概率地成為我自己的訓練場。

你看啊，生活把我們分隔開，正是為了讓我們看到，對於餘生，我們彼此都有遺憾，也都不想有遺憾。

我不想看到你下了班拿著手機給我們一個個傳影片，就是為了找個人說說話。

我也不想自己回到家鄉後，看著朋友圈裡的某某和誰誰在北京奮鬥幾年後過上了自己想要的生活。

天下父母都是為兒女好，哪怕是我執拗地堅持著不回家，你也並沒有說過太多為難或思念的話，但是我很清楚獨自一人在家照顧著爺爺和奶奶，還要上班的你是怎樣的一種處境。

我承認在我們那個要靠人情走動的小城市，一定有還不錯的工作會讓我過著朝九晚五的生活，過著下班後回家有熱騰騰的飯菜、去親戚家走動不到三公里、週末被安排各種相親的生活。

可是這不是我想要的人生，從前不想要，現在依然沒辦法與它和解。這種安穩妥當的生活並非不好，可是我有權選擇拒絕。

3

留不下的大城市，回不去的故鄉，這像是一張無情的命運之網。

我無法說服媽媽，說我這樣飄蕩又頑強的日子比她所說的考試當老師更完美更精彩；我也無法說服自己，因為前程渺茫就放棄與夢想貼身肉搏的機會。

我能做的就是，讓自己更好一點點，有能力讓她理解我的生活。

我要讓她進入我生命中最精彩的部分，讓她體驗我的生活，知道即使我選擇了一條與她身邊大多數年輕人不一樣的路，也依然有著不同的趣味和意義。

我會帶她去旅行，讓她知道外面的世界雖然兇險，但也有更多精彩。

我會去配置自己的資產，告訴她即使是一個女孩子，也可以清清白白賺錢，靠雙手爭取我想要的生活。

我會給她一遍一遍重申新時代的價值觀，大齡剩女並不會比結婚的姑娘低人一等，女人的價值不應該因為有一個男人而火箭式飆升。

這樣一來，即使我輾轉幾年後回到家，被別人稱以「大齡剩女」的「惡名」，被男人們挑三揀四，老太太們悄悄互換觀點「這女孩一輩子玩完了」的時候，我的媽媽還能用星星眼看著我說：「我的女兒是最棒的！」

媽，如果有一天我回到家，我不確定我是想通了還是沒想通，我不確定自己會更幸福還是更憂傷，我只是怕，你不能理解我，那付出的青春啊，都叫值得。

我愛我自己，超越一切不安和孤獨

1

其實關於一個人生活的橋段，有很多生動的場景可以寫，比如一個人生病，淩晨兩點跑去藥房買藥；一個人坐很遠的地鐵，去看展覽；一個人喝醉後，在房子裡嘶吼大哭，被隔壁房間的男人怒喝後，哭泣轉變成蒙在被子裡嗚咽。

但是不知道為什麼，落筆要寫的時候，所有的靈感和欲望都指向我是如何適應了一個人生活，如何學會了妥協地愛自己，並且漸漸有了樂趣可言。

第一次搬出大學宿舍，正式開始獨居的生活時，我還分不清醬油的濃淡，也常常因為忘記交水電費而遭遇斷電危機。那個時候的自己永遠是慌慌張張的，生活的瑣碎與美好的理想像兩條難以合併的軌道，自己如走鋼絲般搖搖欲墜。

而現在我能清楚地知道家附近一公里內哪裡有便利商店，哪裡有藥房、哪裡有花店；甚至在入冬之前，就辦好了洗衣卡，把一冬天的棉衣洗滌工作妥妥地交付了出去。

家裡的冰箱裡永遠放著蔬菜和牛奶，我有時不想吃外面油膩的外送，就會在前一晚定時熬好粥，早起三十分鐘炒菜，早餐和午餐都會穩當地打點好。

一個人生活的那幾年，眼淚流了不少。從一開始打電話給閨蜜和男友抱怨，到自己聽著音樂把自己沉下去，沉到生活裡去。眼淚還是在流的，只是有了流淚的後續——或是收拾房間，或是去社區後面的街道上跑步，或是在料理 APP 上學一道新菜。

後來，我從兩坪大的隔間，搬到了四點五坪大的次臥。在更大的空間裡，可以感受到時間從體內緩緩流淌的節奏。我不再感到焦慮不安，不再像惶恐的鴕鳥一般把頭扎進沙子裡，而是漸漸有了自己的生活節奏。那從我體內散發出來的熱氣騰騰煙火氣，把生活的皺褶、波折都熨得平穩了。

第一次照胃鏡，我心裡嚇得要死，發了一個朋友圈問：「照胃鏡是什麼樣的體驗？」大家紛紛為我打氣，有一位朋友的留言說：「沒關係，雖然難受，但在成年人能夠承受的範圍。」這句話犀利又精闢。

等我照完胃鏡後，好友小玉傳訊息問我感覺如何。我想了一下也回覆說：「很難受，但是是成年人可以承受的。」

我原本對「成年人」這三個字很嚮往，覺得是有很多錢，也有很多自由的狀態；直到長大成人後真正加冕了這一頭銜，才覺得並沒那麼簡單。

或許每個人都要經歷一段一個人的生活：一個人與生存鬥爭，與整個世界戰鬥，每天累得精疲力竭，回到家後蒙著被子大哭一場，醒來後又恢復神采奕奕的狀態，充滿著對於新生活的渴望、憧憬以及盲目樂觀。

每當在我感到快要熬不下去的時候，我會都像《尋夢環遊記》裡的小男孩在登臺前大號一聲般，發自內心地對自己說好幾遍：「加油加油！」

哪怕在夜裡覺得艱難，睡一覺起來，穿上衣服戴上口罩，它們就是你的一身戰袍。你還要走出去戰鬥，要得到更多自己想要的生活。

2

又是一次經痛時。因為身體虛寒的緣故，每次生理期，我都要與體內的洪荒之力對抗一番，結局又常常以「痛死我了，下輩子不想當女人」般無力的嘶吼和鑽心的疼痛告終。

我艱難地爬下床，打開冰箱，把紅豆、花生、紅棗和枸杞洗好，搭配上紅糖一起倒進電鍋裡，然後按下了煮飯鍵。據說這樣的「五紅湯」治經痛有奇效。三十分鐘後，我咕咚咕咚地喝下了兩大碗的五紅湯。

去洗碗時，我望著閃爍的保溫鍵出了神，如果說每個月女生都會經歷一次體內的陣痛，那麼每一次陣痛，都像是青春的一枚勳章、一個座標，標記著我們如何從懵懵懂懂的少年時代，奔波到應付自如、愈加精緻體己的後青春。

二十歲的時候月經來，大學的上鋪室友看到我在床上翻動打滾的模樣，從學校超市幫我買回來一包紅糖，去樓下裝好熱水給我灌上一杯熱熱的紅糖水。女孩子總是更懂同類的痛，但遺憾的是，我們也並不能相伴一輩子。

二十一歲的時候月經來，彼時的男友隔著千里，在通訊軟體的那一端發來「寶貝，多喝點熱水。不能在你身邊給你揉肚子，對不起。」自己隔著螢幕把思念凝成熱淚，覺得愛情之好，最好的在於陪伴，異地戀真的是養了一個隻會問早晚安的手機寵物。

二十二歲的時候月經來，是自己一個人蜷縮在隔間裡，想著如果能有個人在身邊就好了。我不想在這個狹小潮濕的房間裡孤獨至死。不，不要死，也不要孤獨地活。

那些日子亦步亦趨，疼痛是一直在的，從一群人到兩個人，從兩個人到一個人。

但在這個過程中，我也慢慢適應了一個人應對經期疼痛，應對每一次孤獨降臨時那個蓬頭垢面的自己。

適應孤獨，就像適應一種殘疾。所謂成長，就是不斷地在彌補殘缺的自己。

一個人住的第三年，我把自己照顧得更好了。

3

劉瑜說，一個人要像一支隊伍，不氣餒，有召喚，愛自由。生活不是「平平淡淡從從容容才是真」這樣的歌詞，它只是「命運的歸命運，自己的歸自己」這樣一種實事求是的態度。

你要學會感受生活最敏銳的觸角，超越積年累月的倦怠，鄭重其事地對待每一個清晨和夜晚，給自己一種金子般柔軟的情懷——我愛我自己，要超越一切的不安和孤獨。

孤獨和成長，都是自己的東西。沒有什麼人真的能傾其所有消除你的孤獨。成長的意義，在於你要學會更好地愛自己。

愛自己不是毫無目的地買YSL、SK-II，或者飛到麗江或廈門來一場心靈放空之旅。

真正的愛自己應該是要多問自己：

你有沒有定期去檢查身體？

你有沒有在經痛之前學會忌口，泡一次腳，為自己煮一次粥？

你有沒有在傷心的時候讀一些書、看一些風景，而不是慌慌張張打開通訊軟體去跟某個異性吐槽？

你有沒有在失戀之後，深刻地反思一下自己在這種感情裡學到了什麼、做錯了什麼，而不是一再用其他男人的示好證明自己無懈可擊？

你有沒有意識到自己的成長和成熟比匆匆忙忙投入一個男人的懷抱更為重

要？

當你獨居的生活變得豐富時，戀愛就會變得可有可無，這並不意味著你不再需要別人的照顧和陪伴，而是說你能在屬於自己的節奏裡融入新的頻率了。這樣的事情需要契機，與陪伴比起來，安靜卻孤獨的生活彷彿還顯得更妙一點。

或許，每個人都至少得有那麼一段時間自己生活著，這才是對的，否則怎麼能夠聽到自己的節奏？

一旦它流淌出來，無論你是走在馬路上，坐在地鐵裡，還是獨自待著的時候，與朋友在一起的時候，它都會在那兒兀自發出自己的聲音——這是屬於你的聲音，屬於你的節奏，屬於你的似水流年。

生命是一種長期而持續的累積過程，很多你以為過不來的事情最終都會過來。而生活不止詩和遠方，還有眼前的自我，你不僅要學會增強生命的強度，也要提升生活的溫度。每一段困境都不足以成為羈絆，只要你願意相信每個清晨，和堅持綻放的黎明。

如果你愈來愈懂得如何愛自己，總有一天，你將不會再為孤獨、不安的情緒而擔憂。

工作是人生中最好的修行

1

「好好工作吧，工作是一切平凡女孩成為女王的唯一方式。」

忘記從哪裡看到的這句話了，做為一個透過工作跳出了「小鎮青年」和「二流畢業」的侷限，又從傳統行業進入業內知名網路企業的女孩，我太清楚「努力工作」這件事對我的意義。是工作幫助我學會肯定自己，取悅自己，從而有更強大的內心去愛別人，愛這個世界。

有仍在大學象牙塔的讀者不解地問我：「為什麼一定要好好工作呢？我不想那麼早走進社會，已經準備考研究所了。」

可是我想反問一句：「你以為考上研究所，你所懼怕的事情就能迎刃而解了嗎？如果只是想逃避，那你就要做好理智的分析和決策，否則，面對這白白蹉跎的光陰，你甘心自己買單嗎？」

沒有哪一條職業路徑是容易的，沒有哪一種成長是不艱辛的。但是當你不清楚自己的船該駛向哪個方向時，你所遇到的風都是逆風。

畢業一年的時候，我曾經回過一次母校。當年的老師格外賞識我，或許是看出了我與大多數人不同，他把我叫回去替學弟學妹辦了一個小型分享會。當年的我不是那種看著別人考公務員、考老師就隨波逐流的人，甚至於當年整個宿舍除了我之外都在準備研究所，我也毅然選擇了實習，或許自己的職業路徑就是在實習時埋下了伏筆。

◆關於是否考研究所

首先，我確定我對於工作的熱情大於考研究所，我查詢過當地一些公司的職位要求，對於碩士以上學歷要求的企業少之又少，但的確有一些知名公司的門檻要求是大學。

我並沒有想從學術方面發展的雄心壯志，我當年學的專業即使放在三年後都未必有太多人知曉——教育科技，據說目前碩班畢業的幾位同窗都選擇去大學或者高中當了電腦老師。

要不要考研究所？為什麼考研究所？研究所畢業後有什麼職業規劃與就業優勢？在你想清楚這些後，若你仍舊選擇畢業後工作，我想我的這一家之言才有可參考的意義。

◆關於準備工作

我在找工作前做了很多準備和搜尋。

我從一開始就確定了我想做的是文案編輯類的工作，於是花了一個週末把當地徵才網站上文案類的工作都查了一遍，選出了五家我認為最知名的公司。

我把這幾家公司的職位需求和薪資待遇都列了出來，然後上官網查詢了公司的過往案例，比如承接過哪類活動、主要負責哪些客戶，還有過往員工對公司的評價如何等。

◆關於投遞履歷

很多人在找工作的時候常常會做好一個履歷同時投十幾家公司，但我並不認為這是最有效率的方式。公司的人資每天都要瀏覽上百份履歷，若是沒有點睛之處，很容易石沉大海。

我在選好五家自己最嚮往的公司後，以現有履歷為基礎分別做出了五份履歷，在個人技能和過往經歷中根據每個公司的職位描述進行了細節刪減，以保證投給每個公司的履歷都更加契合他們的需求。

在郵件名稱中，我也加上了關鍵字和標籤，如「可迅速到職」「有相關實習經驗」，以便負責人在信箱中篩選履歷時能夠有吸睛之處，從而增加點開的機率。

前期的準備和付出都是值得的，而且由於我對於公司背景和重點專案做過搜尋和瞭解，連面試都毫不費力。

我記得有次我去面試的時候，帶上了我寫過的文案稿件和我對公司文章風格的分析檔案，第二天就收到了通知到職的電話。

或許你以為這是一個水到渠成的故事，可是我要說的是，即使是你知道自己想做什麼，你的理想工作與現實狀態也差了十萬八千里。

2

我進入了當地一家頗具名氣的廣告公司，成了一名雜誌編輯。

主管找了一個到職兩年的前輩帶我，說是前輩，其實也是同職位的編輯，尚未有帶人經驗。他只是傳給我幾個案例和題目，說這周要寫出三篇類似主題的稿件。

我點頭說好，可「紙上得來終覺淺，絕知此事要躬行」，真正到了下筆之處才覺得艱難。

到了戰場上，沒人在乎你是大學還是專科、有沒有拿過學校的獎學金，他們在乎的是，你能不能迅速熟悉並完成交代給你的工作。

剛進職場的時候，大家都期待可以得到有系統而全面的培訓；可是事實上，沒有人在意你是不是新人，要點跟你說完了，其他事情全靠你自己摸索。這個時候，一個人的學習能力和領悟能力是最關鍵的。

模仿是最好的練習。我利用下班後的時間來揣摩同事們做過的主題案例，然後在工作中提出兩到三個備用方案，以及選擇這個主題的理由。

而對於自己的工作想法，說服領導的最重要因素就是動機和收益，而比你有經驗的同事大多已經在過往文章中體現出風格。

當然你也並不需要一味地照搬，因為無論是主管還是同事，他們對於新員工的期待就是為程式化的團隊注入新的活力和血液，有切實可行的新想法也可以及時提出來。

當年剛好趕上二〇一四年世界盃，我主動提出做一期世界盃專題，這對於當地紙媒來說是個全新的主題，主管也拍案稱讚。

但是隨之而來的也有成倍的工作量和內容編排，這個時候你不能指望其他同事能夠主動幫你分擔。如果想做出成績，就一定要付出比之前更加艱辛的努力。

周圍的同事時間到打卡下班，只有我自己一個人列著訪綱和賽程表。這樣的場景就像電影裡的快鏡頭，旁人行色匆匆，城市車水馬龍，只有你獨自守在原地，像個孤獨的孩子。

一個月的時間，我做出了六篇人物專訪，完成了一個線下街頭調查，以及與三家企業客戶建立了合作，幾乎是完成了不可能的任務。

這一個月裡幾乎沒有人告訴我該怎麼做，也沒有人給我回饋，很多時候我都像把自己扔進了大海裡，只有自我求渡的焦慮和無助。

但是後來我才知道，其實你做的每件事，別人都看在眼裡，他們只是需要一段時間來判斷你到底是一時興起還是能堅持到底，是有真才實學還是虛張聲勢。

他們是職場的過來人，有自己的準則，只有當你達到了他們的標準後，才偶爾能得到一句輕輕的肯定：「這次做得不錯。」

然後呢？就沒有然後了，你所有的汗水和付出，除了在奇跡發生時會有現金獎勵之外，口頭肯定已經是難得的讚揚。

你不能沉迷於一時的收穫，因為在職場中，最好的成就，永遠在下一次。我們終究都將成為職場的趕路人，不為一時的成績所迷惑。

你以為你是在為公司工作，其實是為了你自己。太過於急功近利，就很容易讓老闆看到你的野心勃勃，而此時他也會掂量，你是不是有足夠的才華來勝任更多的工作。

你為公司創造了收入，公司為你提供了平臺。在老闆的眼中，雇傭關係就是這麼現實。

3

除此之外，還要注意跟同事、主管的關係調節。

我實習的第一周某天中午，有個同事帶了橘子分給大家，我午休起來後發現每個人的位子上都有，就除了我。

在下班路上，我委屈地打電話給閨蜜：「同事是不是不喜歡我？他們會不會排斥我？為什麼分了橘子給別人分了橘，卻唯獨沒有分給我？」

「別人為什麼要對你好？大家都是來工作的，把本分做好就行了。你的心態不對，你來公司不是為了交朋友的，而是為了做事賺錢的！」閨蜜的當頭棒喝驚醒了我。

初入職場的時候，我們為一份工作賦予了太多的期待，想要一帆風順的工作、想要善解人意的領導、想要和睦溫柔的同事，還想要一步到位的薪資待遇。我們對於理想工作的期待好似一個繁花似錦的溫室；但現實不是這樣，職場是從遊樂場模式轉變為生存模式。

如今我做為職場的過來人，不免覺得當年的自己太過玻璃心。待人接物，為人處世，說來頭頭是道；可是如果執著於一時的得失，計較一分一毫的差別，只會增加自身的消耗，而在這場職場長跑中輸掉先機。

4

我每隔一段時間就會審視一下自己的目標與其完成情況。

實習的時候，我的目標是完成一個專題的稿件，現在的目標是開拓更多的資源，寫出傳播度更好的文章。

為了每年的大目標，我都會制定一些可以量化的小目標，比如今年的讀書目標是七十本書，寫稿目標是二十萬字，如今也以超出預期的執行速度在進行中。

我的本業是圖書的行銷推廣，這份工作需要敏銳的洞察力和快速的執行力。我大概每週都會去搜索同類書中最暢銷的榜單，去瞭解某個品項書中最熱賣的圖書都做了哪些行銷動作，去揣摩朋友圈瘋傳的行銷文字用了什麼套路。

這些蒐集的素材和管道一度靜靜地躺在我的資料夾中，終於在接到一本有潛力的書後有了用武之地。經過將近五個月的奮戰後，這本書以黑馬之姿登上了年度各大暢銷榜。

是運氣嗎？可能在一些人看來，我是運氣好才接到了一本暢銷書，可只有自己知道，所有的運氣不過是蟄伏在日常的努力中，一點一點地發了芽結了果。

過路人只看到你摘到了最絢爛的花，殊不知你也靜靜熬過了無數個無人問津的黑夜。

在我看來，如果你想要找到理想的工作，就必須要耐得下心去做充足的準備，也要抓住工作中對自己來說最重要的核心——你是想要一種穩定，還是想要一份拼盡全力的冒險。

你需要明白，無論是主管還是同事，他們於你最大的意義是能協力完成公司的任務，能成為朋友很好，成不了朋友也並不可惜。

好的平臺並不意味著你有好的前景，真正決定你前途的，是你自己選的方向和為之付出的努力。

同樣的道理，或許已經有無數過來人耳提面命過了，我所能告訴你們的就是：你必須為你想要的生活全力以赴。

也許你所期待的理想工作並不會馬上呈現出來，但它會隨著你潛移默化的進步與提升，一點點融入你的生活中。

稻盛和夫在《生存之道》一書中說過：「有沒有終生投入的工作可做，是人生幸與不幸的關鍵，但首先要找到工作的意義。」

到如今我依然相信——工作，是人生中最好的修行。

你的焦慮，也是你的機遇

1

再自律的人，都有可能被焦慮打敗過。

焦慮介於希望和失望之間，邊緣與中心之間，開心與憂傷之間。它像是一種不明原因的病症，不夠致命，卻能讓人每天都心慌意亂。

手握保溫杯的中年人，在朋友圈滑手機養青蛙的單身男女，假裝看破紅塵、一切隨緣的佛系青年，都是在以自己的方式逃離焦慮。網路讓焦慮從個人獨白變成全網共用。

而且平日裡的焦慮，一到年底就會呈指數倍放大：相戀三年沒房沒車的男友，要不要帶他見父母？拿完年終獎金，要不要換個薪水更高的公司？結婚第三年，要不要準備懷孕生子？

而我媽打電話的頻率也比平時翻了倍：「交男朋友了嗎？有加薪嗎？什麼時候準備回老家？」

這三個問題猶如三座大山，把我這個本想一切順其自然的佛系女子嚇得不輕。

我今年二十五歲，獨自生活在北京，沒有房子和車子，也沒有男朋友，只有一點點寒酸的存款，聽起來好像魯得不得了，但是換一個角度描述，又會有新的場景：

我才二十五歲，正是智識和經驗都在積累中的青年時期，我身體還健康，一個人在北京，無拘無束，金融卡裡的存款能略微維持住我的安全感，一切都充滿了期待和期望。每天早上醒來，都有一個妙不可言的未來在等我解鎖。

2

如果沒有焦慮的時刻，只是一味埋頭向前的話，我們會很容易忽視掉，我們真正想要的是什麼。

有時候物質回饋會取代初心，一時間的名利會讓我們走偏，甚至過多沒什麼技術含量的輸出和寫作會讓我們真的以為自己可以稱為人生導師。

焦慮的背面，是我對自己的猶疑，而就是在猶疑中，我或許才有機會去平衡當下的心態和能力，想清楚未來想走的，究竟是一條什麼樣的路。

我寫不下去稿子的時候，就會從書架上隨便抽出一本書來看，讀到哪裡是哪裡。沒有了目的，反而更容易欣賞到沿途的風景。

有時我會跟一位好友吐槽，他常常會回覆我一句話：「有多大能耐就幹多大的事，寫不出來就等等，難不成會憋死嗎？」

是啊！當覺得自己無能的時刻，與其想著更快地找到解決方法，不如停下來看一看，眼前的這一條路是否還處於既定軌道中？有沒有偏離初心？有沒有太過冒進？

比起大步快走，固定地去反思和複盤，推演自己的小目標和大方向的職業規劃，讓我覺得更有價值。焦慮的好處就在於此，它提醒你有節奏被打亂了，你需要停下來去調整它。

那天我重讀了里爾克的《給青年詩人的信》，內容是一個正在服兵役的年輕詩人懷著虔誠的心給當時的大文豪詩人里爾克寄了自己的作品，並尋求里爾克的建議。沒想到里爾克與他的通信竟然持續了多年，十多封信中，把寫作的意義、如何面對人生中的無力時刻、如何與寂寞相處寫得溫暖妥貼。

「願你自己有充分的忍耐去擔當，有充分單純的心去信仰；你將會愈來愈信任艱難的事物，和你在眾人中間感到的寂寞。以外就是讓生活自然進展。請你相信：無論如何，生活是合理的。」

村上春樹等到二十九歲才得到那個有如天啟的時刻，從前沒有寫作經驗的他開始動筆寫《聽風的歌》，還一舉獲得文學獎，從此他便開始了自己漫長的專職寫作生涯，這一寫，就是四十年。

我最喜歡的作者之一是羅曼．羅蘭，在他的書中，我看到了時間的力量：「要珍惜新生的一天，不要想一年後，十年後的事情，想今天吧！今天就該好好活下去，要珍愛每一天，尊重每一天，千萬不要糟蹋每一天，不要妨礙開花結果。要愛，像今天一樣灰暗苦悶的日子。」

此時、此地、此身，如果細細追究回溯，你會發現，我們的成長其實並非毫無痕跡，而是隱祕在每個日出日落的小日子裡，是在一次次的焦慮後駐足觀望，才找到了更適合自己的路。

3

我有一個做自媒體的朋友，月入四十多萬，可她卻吐槽說：「雖然覺得自己已經做得很不錯了，可是看到那麼多九〇後、九五後，甚至〇〇後都那麼強，覺得自己還是挺失敗的。」

「出名要趁早」，一九四四年九月，年僅二十二歲的張愛玲如此寫道。她二十三歲憑藉《沉香屑：第一爐香》一鳴驚人，後來又以《封鎖》一文贏得胡蘭成的愛慕，一時間在十里洋場的上海大紅大紫，事業愛情雙雙開花，成為眾多人眼裡的「臨水照花人」。

一個「早」字，彷彿甩不掉的小怪獸，追趕在每個人的身後，讓人向前，讓人自律，也讓人提高效率。

大多數人會因為別人得到的東西而感到焦慮，轉而想著自己能得到什麼，可是卻很難有人想到，我能不能像別人一樣給予什麼。太注重於「得」，總會讓我們忽視別人付出過什麼，也很難從別人的成長路徑中獲得些許經驗。

其實，焦慮不可怕，任由焦慮發酵，而不去審視內在的需求才可怕。好的焦慮是進步之源，壞的焦慮會把你推向深淵，臨界線在於——你是選擇了快速解決，還是細水長流。

焦慮的那一刻，不妨告訴自己：或許我這一輩子就這樣了呢？接受自己會是一個平凡的人，然後再去想自己的優勢，列出自己的年度目標，能完成的就努力去做，注定無法完成的則合理修訂目標，學會和時間做朋友，跟平凡的自己和解。

人人都有焦慮情緒，重要的是學會帶著焦慮，按照自己的節奏活下去。即使是最焦慮的時刻，也要做好兩件事：好好吃飯，好好睡覺。

我很喜歡這樣一段話：「我們曾如此渴望命運的波瀾，到最後才發現，人生最曼妙的風景，竟是內心的淡定與從容。我們曾如此期盼外界的認可，到最後才知道，世界是自己的，與他人毫無關係。」

直面焦慮，才能讓我們解開困惑，學會抵達。

月薪一萬二的我，幸好沒有被窮打敗

1

誰年輕的時候，沒有窮過一兩年？

窮不是什麼可恥的事，你我要做的，不是吐槽它，也不是為此感到羞恥，而是誠懇面對它，然後用合理的方式解決它。

我在剛畢業那兩年，在一個四線城市從事著雜誌編輯的工作，月薪一萬二左右。

說起來是四線城市，但是消費水準已經有比肩一線的趨勢。唯獨寬慰人的，是房租，在北京一間晚上都能聽到隔壁聲響的次臥都要六千八的時候，在小城市花六千八百元可以租一間舒服的兩房一廳。

但是對於當時的薪水來說，我依舊沒有選擇去租那個六千八的兩房一廳，因為我不想成為月光族。

在朋友的介紹下，我搬到了一間不到三坪的房子裡，放下一張單人床、一個垃圾桶和一個小桌子後，房子裡幾乎沒有落腳的地方了。選擇它最大的理由是它的月租不到兩千五。但是那時已經覺得很滿意了，我買了壁紙高高興興地把房間布置好，傳訊息給朋友說我租到了一間超級便宜的房子。

夏天的時候沒有空調，我就買了一臺二手電風扇，但還是很熱。下班後我就在公司多待一會兒，等到公司最後一個人下班了，再回到自己的房間裡。週末我會找個咖啡館看書，儘量避免待在像火爐一樣的房間裡。

冬天有暖氣，週末就懶得出門，我存錢買了一套小茶具，窩在家裡喝茶看書，頗有一種「紅泥小火爐，能飲一杯無」的意境。

「最好的學區房是你家裡的書房」，當三千萬學區房的焦慮蔓延到朋友圈的時候，我想起了曾經看到的這句話。

或許當時我還感受不到被學區房籠罩的恐懼，畢竟對於一個單身女子來說，最重要的事情還是考慮當下的生活和存款，可我還是默默在心裡為這句話點了個讚。

不是因為買不起學區房的自我安慰，而是在心裡深深地認同，哪怕物質再豐腴再完備，還是覺得精神的滿足是不可捨棄的。

大學畢業的那兩年，我從《蒙田隨筆集》看到羅素的《幸福的征途》，從小說看到文史社科，甚至為了瞭解書，自己去網上查詢各個圖書公司和出版社。這也成為我來到北京後直接進入圖書公司的緣起。

因為熱愛，所以快樂。村上春樹稱這種生活心態叫作小確幸，即會為每天日常發生的小事而感到歡喜。

月薪一萬二的那兩年，日子雖然算不上滋潤，但只要不買大牌的包包鞋子，依然能過得風生水起。但是我知道，過日子也不能僅滿足於當下。

2

焦慮嗎？當然焦慮。

如果有錢賺，誰不想多賺點呢？誰會滿足於住在一間兩千五的出租房裡呢？

我記得在畢業聚餐時，我們一位導師跟我們說了幾句話：「我也是家裡窮過的孩子，上完大學後留校，當了十多年老師，到了現在，終於算是房子車子都有了。」說這些的時候，老師的臉上看不到太多歲月摧殘的痕跡，相反是笑著，非常坦然地說出了這番話。

我在畢業後很長一段時間裡，只要一遇到為錢焦慮，為自己一直進步不了而苦惱的時候，總是時不時想起這位導師說這句話的表情。

他沒有告訴我們什麼大道理，甚至連「慢慢來」這三個字都沒有提過，他只是輕輕地闡述自己的過去和現在，對於已得到的東西充滿了喜悅。

我想人大概就是靠著這種當下的喜悅和對未來的期望走出泥沼的吧。

到了我工作的第二年，因為一直堅持寫稿子的原因，有朋友給我介紹了幾個文案兼職工作，一下子讓我有了額外收入。

慢慢地開始有合作廠商找來，但我還是審慎地選擇了我覺得有把握的兼職，我不認為當下的機遇我全部都能接得住。

正如同為北漂的小曉來跟我抱怨：「其實之前有很多機會，我覺得我都有能力去抓住，但都沒有把握住。」

我淡定地跟她說：「其實還是能力不足。我們常常以為過去的機遇是難得的，是被自己錯過的，但或許不是。限於我們當時的智識和能力，或許已經得到了自己能得到的全部，那些所謂錯過的，只是從我們面前閃現而過，但並不屬於我們。」

我想起我工作中途有一次負氣辭職，是因為覺得老闆沒有給我加薪，而我的價值遠遠超過當時的薪資。老闆心平氣和地跟我說：「如果給你加到主管級別的薪資，你真的有信心承擔這個職位所有的重擔嗎？」

我花了一個晚上看了主管的職位需求，也非常客觀地看到了自己的侷限和不足。我對老闆說，我希望等到自己能完全勝任這個職位的時候，再給您一個滿意的答案。

再後來，自然而然地更多的機會和更好的橄欖枝向我拋來，但我卻在這個時候，選擇結束這種生活，去做一個北漂。

3

現在的我，過上了月薪翻了幾倍的生活，但是在內心的愉悅感上，我沒覺得有太大的差別。

月薪一萬二的時候，我做著喜歡的工作，每天忙得不亦樂乎，閒暇的時候看看書，錢雖不多，但是也不吃緊。

迪奧、香奈兒固然是好，但是我還沒覺得到了非擁有不可的地步，而從Zara覓來的八百塊的包包性價比超高，我也沒覺得背出去約會逛街有什麼丟人的。

朋友跟我聊起最近用的保養品，她說：「剛畢業的時候還買蠻多奢侈品的，SK-II的青春露、迪奧的粉底液、紀梵希的小羊皮口紅通通入手了。可是用青春露和用國產化妝品也並沒有覺得有太大區別；而那支興高采烈買來的小羊皮口紅，才用了一個星期就沒興趣了。也不是說不好，只是到手之後，就覺得吸引力沒有那麼大了。」

我盤點了一下包裡的口紅，也只有一支迪奧 #999 算得上是網紅款，其他都是從屈臣氏或者其他店裡隨意試色買到的。看著網上總結的一生必買的五十款口紅，我也只是笑笑，連色號都記不住。

真的有必要集齊五十款才算是此生無憾、青春無悔嗎？當年夢露在世的時候，也未必有這麼齊全的口紅色，可人家照舊是一代性感女王。

商業社會告訴你欲望成就一切，但是欲望之外的東西，比如性感、比如智慧，都要靠歲月的加持與自我的經營。

說起來，我現在的生活不算拮据了，但也稱不上富裕，就像微博上的一句話：「『這東西也不是買不起，就是覺得不值得』，說這話的人，實際上還是買不起。」

我會坦坦蕩蕩地承認：「是啊，憑我現在的水準，我真的買不起。」但我更想在後面反問一句，「但是，你能給我一個非買不可的理由嗎？」

說這話像是太計較，但我常常拿來自問。

每次僅僅是因為網路的行銷或者成了熱賣款而出現在我視線裡的商品，我總是會輕輕問自己一句：「親愛的女孩，你真的很需要這個嗎？」

你過得不好，一無所有，不僅僅是錢的問題，更本質上，是欲望的問題。

你真的願意讓欲望困住二十多歲的你嗎？

誰說二流畢業的人就找不到工作呢？

1

最近有一位剛上大三的學妹加了好友之後問我：「學姐，你能不能告訴我你是怎麼樣找到喜歡的工作的？我想聽聽你從畢業到現在的工作經歷。另外就是，在畢業前如何確定自己想做什麼工作呢？」

她一下子問了好多，我能感受到她那種對待未來的無助和恐慌感。

我想她焦慮的很大原因在於，我們是一所「××學院」，而不是「××大學」，非頂尖名校、非重點科系的普通二流大學。

在一所不那麼優秀的大學裡讀書，如果身邊的同學不那麼上進，老師不那麼稱職，同學之間更多的是一種放任自流、得過且過的狀態；那麼，你也很容易陷入失望和迷茫中，降低對自己的要求。

即使你能在大學中堅持內心的標準，不隨波逐流，不斷提升自我，求職時也不得不面對「學歷歧視鏈」。

知識網站上曾經有個熱門的問題：「二三流大學畢業的學生該如何突破企業名校限制條件，獲得公平競爭的機會」，《精進》的作者采銅在回答中說：「努力的道路有千萬條，但歸根結底就一句話：不要降低標準。你心中的標準決定了你可能達成的上限。一個過低的標準，比如一個「二三流大學學生應該是什麼樣」的標準決定了你只能達到有限的那一點點高度。一個人最可怕的狀態，就是早早地給自己設定一個「我只能是×××」的魔咒，然後眼睜睜地看著自己的人生去應驗這個魔咒。」

我們每一個人都不是由自己的學校所定義的，而是由個人的勇氣、行動、心智所定義的。

2

我第一次意識到「即使是畢業於二流大學，我也可以有機會爭取到自己想要的工作機會」，是在大三暑假那年。我投履歷到幾家北京的廣告公司，並且附上了自己在學校社團以及在報社實習的作品，結果第二天就接到了通知面試的電話。

於是，我花了一晚的時間在網站上整理出了這家公司的背景，我所應徵的職位需求，以及自己如果成功獲得這份工作，會在哪些方面做好工作。

第三天，我帶著自己列印的將近十頁資料坐著車票二十塊的綠皮火車去了面試的公司。面試官試探著問我：「你是師範學院的，怎麼會想做關於廣告的工作呢？」

我拿著自己搜尋過的資料，列舉了自己在社團中所辦過的活動以及自己承擔的創意和執行環節，還有在報社積累的寫稿經驗，鄭重地告訴面試官：「儘管在這所師範院校裡，大多數學長學姐最後都成了教育工作者，但是我透過在社團活動和實習的經歷，意識到自己更喜歡創意文案類的工作，並且在組織的活動中第一次做出了線上與線下互動的環節，將整個活動的曝光率提高到以往活動的三倍以上。」

儘管對於我的學歷和專業有一絲疑惑，但是在面談中，他們感受到了我對這份工作的熱情，以及我對工作內容的基礎掌控。在回到學校後的一周內，我順利得到了到職通知。

3

與我相同領域的學姐畢業後賦閑在家，很多朋友和親戚說她眼高手低，一個二流學校畢業的學生就是很難找工作云云，但是學姐依舊沉得住氣，在這段時間裡默默尋找著自己心儀的公司。半年後，在沒有高學歷、沒有人脈的背景下，她決定北漂，從一家小廣告公司的媒體執行做起。再後來我與她見面，她淡然地說起了過往的經歷。說起當時被所有人嘲笑的時候，她選擇進入一家小公司，是因為在觀察時發現這家公司與她心儀的公司有業務聯繫，可是以她的學歷，必然難以被知名大公司錄取。所以她選擇了迂迴政策，藉由成為最熟悉心儀公司業務的媒介，伺機而動，最終以高超的工作能力被挖到了大公司。

如今我坐在四周都是名校畢業、甚至從國外留學歸來的同事中，常常會想，自己現在能得到這份工作，是否與曾經讀的是什麼大學有密切聯繫？

我後來是這樣告訴自己的：有密切聯繫的，不是我在哪個大學度過了四年，而是我從上大學開始，就敢於不斷嘗試錯誤，也敢於不斷突破大眾對於「二三流大學」的固有標籤。

憑什麼我不能決定自己的命運？憑什麼進了這所學校，就要像戴著枷鎖一樣接受鄙視鏈帶給我的重壓，就要像一個注定一事無成的人一樣耷拉著腦袋覺得未來不可期？憑什麼僅因為一次考試進了一所二流大學，我就要覺得自己只能過二流的人生？

大學並不能決定我們的未來，它只是決定我們和誰在哪度過一段怎樣的時光。

4

前段時間，我的主管去一所頂尖大學做校園徵才，回來之後他苦笑著跟我們說：「在徵才時，有一位讀碩三的學生問我，他現在選擇的領域自己不喜歡，不知道前景怎麼樣，應該怎麼辦。如果他在大學時，或者考研究所時問我這個問題，我也許還能告訴他解決的方法，可是他已經到碩三了，而且是名校高材生，竟然還在為這種問題苦惱。」

顯而易見，「這個領域前景如何」、「以後要找什麼樣的工作」等類似問題，並不僅僅是二三流學校學生的專屬困惑。

如果你是努力、進取、清楚自己目標的，那即使你在二三流大學，也能為自己建立一個超越二流大學標準的目標，並且以一流大學的標準要求自己。

競爭的本質不在於通過努力弭平差異，因為差異是客觀存在的。我們能做的，就是強化自己的能力，把自己塑造成二三流大學中最與眾不同、最能讓人眼前一亮的求職者。學歷能夠決定你所能到達的高度，但只有能力，才能決定你走到的長度。

那位讀者問我：「我以後會不會找不到工作？」我的答案是：「不會的。如果你用盡全力，你一定會找到工作的。」

只不過這份工作對你來說必然不是十全十美的。可是，天底下又何來第一次求職就十全十美的呢？

學歷可能是最亮眼的底色，但是也僅僅是對於第一份工作。在漫長的職業生涯中，是你所做出的成果和你負責的專案曾經創造的影響力，變成了一塊又一塊敲門磚。只要你堅持不懈，總有機會用這塊敲門磚敲響你想去的公司的大門。

我見過很多二流學校學歷的朋友都是先從小公司做起，因為有了亮眼的成績，而被人資或者獵頭挖到他們心儀的大公司。

他們最大的共同點是——並沒有把學歷當成自己的「黑歷史」，也並不覺得高學歷會是一種本錢，他們只是在自己當前的職位上默默耕耘、蓄勢待發，最終因為某個專案的大放異彩而找到跳板。

我們是如何落後於別人的？其實每個人心裡都清楚，無非是從生活中一點點拉開差距的，大學不過是其中的一個差距。可如果太過於看重這樣的一個差距，就會讓後面的差距愈拉愈大，最後只能在社群平臺上吐槽著自己的焦慮，在問答網站的回答中得到一絲安慰。

別未曾奮力拼搏，就失去了自己最後一點向夢想挑戰的勇氣。大學是不是二流不要緊，要緊的是你的心態不要二流。上了二流大學，你更應該像上一流大學一樣努力才行。哪怕你是二三流大學畢業的學生，你也有機會，向你心儀的工作發起挑戰。

二十五歲前應該知道並且理解的五十件事

關於愛情

1. 你可以沒愛到對的人，但別放棄去嘗試擁有好的愛情。

2. 沒有人知道你為了喜歡一個人、喜歡一種跟大多數人不一樣的生活，付出了多少勇氣、熬過多少個惶恐的夜；不過，這些只要你自己知道就可以了。

3. 年輕時候的愛情看起來轟烈，但因為太想從別人身上得到自己幻想的愛，所以也打著愛的旗號做了很多自私的事。後來你才明白，沒有人比你自己更值得被愛，也沒有人比你自己更懂得愛你。

4. 愛情是一場願賭服輸的戰役，每個下注的人都以為自己能行險僥倖，得到命運的眷顧，能夠贏一次。但其實，只要你敢賭一把，已經很了不起了。

5. 信任才是消滅羈絆的強大武器。你之所以對伴侶說謊，是害怕他不能理解和別人想法不同的你，也不能接受不夠好的你。

6. 二十五歲前想做公主，被那個不知道什麼時候才趕來的王子守護；二十五歲後想做騎士，能陪著你走向遠方，哪怕你累了，我也可以穿上鎧甲說：「你先休息一下，我來。」

7. 對別人期待太高，就會對自我感到不安。

8. 愛情是兩個靈魂的事，婚姻是兩個合作夥伴的事。

9. 愛情不一定是擇優錄取，但一定是強者生存。多經歷幾次不告而別，你就會明白，強大比幸福重要。

10. 婚姻可以找，愛情只能等。

11. 愛情不是寡恩薄澤，而是本能地求取生存，要學會把不利於自己成長的東西排除在外。

12. 收到戀人送的禮物時，不用急著想要回送什麼禮物，不要有壓力。大大方方地接受，告訴他這樣的禮物讓你很開心，他的心意你收到了。別人的付出需要你的認可。至於回送什麼，不必急於一時，有合適的契機或者碰到合適的禮物時再考慮也不遲。舒適的愛情從來不是等價交換。

13. 讓你成長的不是一次又一次的戀愛，而是一次又一次戀愛失敗後的總結和反思。

關於單身

14. 孤獨的時候去問問自己的心，我想要的到底是什麼，而不是在孤獨的時候拿愛情當避難所。如果是這樣，就既看輕了人生，也看重了愛情，你將永遠體會不到「自我」。

15. 「自己賺錢給自己花」是最漂亮的事。沒必要為了證明自己是被愛的，就把想買東西的連結傳給別人。

16. 明白「謹遵醫囑」是比「多喝熱水」更管用的話。生病時，你最應該信任的人是醫生，而不是通訊軟體裡某個曖昧的人。

17. 每次想要回頭找前任的時候，問自己一句：「就他了？還是你想擁有更好的？」

18. 你不是因為單身而變得更糟糕的，你只是因為不信任自己，不信任可以靠自己的力量過得更好，而變得糟糕的。

19. 如果你想被別人愛，那你就一定要讓自己值得被愛，不是一天、不是一年，是永遠。

20. 不幸福不是因為晚婚，而是因為湊合。

21. 一年要獨自旅行一次。在旅途中，才能更加深刻地理解自由的重大意義。

22. 給自己買情趣玩具並不可恥，也不需要害羞。取悅自我是很大的本事。

關於人際

23. 用心和你相處的朋友不會隨意評判你，不會用打壓你的方式證明你對他很重要。有些人跟你做朋友，只是為了自己的優越感。

24. 所有的友情都需要鬆綁，太黏膩只會讓彼此覺得有負擔。有時他沒回你資訊並不是因為他不在乎你，只是因為他有自己的事。除了通訊軟體，記得存一個電話，在你最需要他的時候，打給他。

25. 真正需要一個朋友陪伴的時候，不要發近況，直接打電話給他。失望總是來源於想當然，友情總是結束於不溝通。

26.
跟朋友有意見分歧時，無論吵得多雞飛狗跳，最後也要說一句：「我是對事不對人。」

27.
成年人的親情，是學會跟父母保持距離。學會告訴他們，謝謝你們的關心，但不要插手我的生活。

28.
每年花時間去篩選身邊的朋友。二十五歲之後，你身邊朋友的平均品質，就是你的品質。

29.
在別人難過的時候，最重要的並不是為他出謀劃策，而是陪在他身邊。年紀大了，我們才開始懂得陪伴和自癒的重要性。

關於職場

30. 與其做錯事退後一步想辭職，不如向前一步學會承擔。你的能力很重要，但是態度才是主管最在意的。

31. 遇到分歧時，先嘗試去理解對方，理解不了就提建議，建議不了再罵人（偷偷罵）。可以先執行並且把預測的結果告訴對方，並且同時做好 Plan B。

32. 做為上一道流程，不要給下一道流程添麻煩。時間不夠，就提前安排；來不及就加班，別人沒有義務為你的疏忽買單。

33. 儘可能掌握你所在職位需要的全部技能，並擁有一項優勢技能，且隨時關注高你一階的職位需要具備的技能，根據目標去充實和學習。

34. 與其花時間埋怨主管識人不明、吐槽同事能力不足，不如找個夜晚，反省自己是不是學藝不精。

35. 每年至少讀五本專業領域的書。年齡和薪資差不多的時候，比拼的是你的自學能力。

36. 想要贏得上司的信任，靠的不是無條件的服從和說好話，而是你的專業能力、細心程度、團隊精神。你不想被主管輕視，就要成為他身邊不可替代的人。

37. 即使自己再優秀，也不要忘記是有一個團隊在為你支撐。學會謙卑，才能有更多的外力來幫你。

38. 你最容易犯的職場大錯，是和上司成為朋友，和同事無話不談。

39. 如果你在工作中幫助了每個人，就等同於沒有幫助任何人，永遠不要把樂於助人當作美德。保護好自己、做好自己的工作，遵循公司的流程才是最重要的。

關於生活

40. 早睡的幸福比熬夜的幸福更源遠流長。

41. 堅持記錄、堅持寫作。時間會給你力量，時間也會讓你看到力量。

42. 盲目自信是人生的快樂之源。與其有過多的自我歸因和內耗，不如把精力放在更重要的事情上。至於那些讓你受傷難過的人，沒錯，就是他們做錯了！

43. 過了一定年齡就會懂得，人生就是一個不斷失去的過程。人生會拿走你的很多東西，比如臉上的膠原蛋白、濃密的頭髮、能熬夜到三四點的精力，你要關心的是：你還能持續創造什麼來替代已失去的。

44. 強大並不意味著永遠打不倒、永遠能撐住，而是即使倒下來，也要重新爬起來。適時的妥協，會讓你更加看清要走的路。

45. 人生就是此一時彼一時的起起伏伏，不要太在意某個時刻自己是否孤獨、是否無知、是否委屈、是否無解。做你應該做的事情，竭盡所能。

46. 別把自己的人生放在展覽館裡跟別人一較高低。我們終其一生要戰勝的，是那個脆弱、敏感、多疑、迷茫的自我。

47. 每個人都會以自己的方式長大，你在書中得到的告慰，或許另一個人也會在戀愛中獲得。最好的成長總是殊途同歸的。

48. 保持穩定、保持自我，一個有恆定價值觀的人可以走得更遠。這樣做的好處是：在你不能做得更好的時候，你也不會變得更差。

49. 不要總覺得自己只有被選擇權，嘗試著去使用你的選擇權。最好的人生，是有勇氣、不將就的。

50. 你害怕努力沒有意義，你害怕等待沒有收穫；可是世間事，並不會因為你的害怕而改變。你要做的，就是面對它，然後解決它。

/ 4 /

FOUR

鋼筋水泥的城市中，是愛讓我們鮮活

謝謝不是你，陪我到最後

1

我認識一位女孩，她叫璐璐。

大街上有好多女孩都叫璐璐，她就是扔在人群中找不出來的那種女孩。她連走路都比別人快半拍，經常走著走著猛地轉過頭一看，才發現早已把同行人落下了一大截，還得再急著蹦腳往回走。

璐璐在實習的時候喜歡上了一個理工男，下班了就跑到理工男學校門口等他。理工男見了她，說你是想我了嗎？璐璐沒說想，也沒說不想，就站在那扭扭捏捏地笑。

理工男陪著她去吃熱氣騰騰的火鍋，撲騰撲騰沸騰的水，像是在跟她的心臟共振似的。

她本來是去跟理工男表白的，結果緊張到說不出話，只知道坐在那裡一口接一口地吃，臉漲得像個包子。

理工男忍不住了，看著她問：「你是不是喜歡我呀？」璐璐噗哧一聲，嘴裡的東西差點噴出來，臉像蒸熟的包子一樣裂開了口。

「你怎麼知道？」

「你都寫在臉上了呀！」

璐璐被理工男看得臉唰一下紅了，又像一枚小包子回了籠，泛出更加明媚的光，蕩漾又嫵媚。

我認識的璐璐，是二十一歲的璐璐，一鼓作氣又一往無前的璐璐，渴望付出又計較著什麼時候往回縮的璐璐，每月的薪水都算不對但心裡也劃拉著個小算盤的璐璐。

而她的理工男友像大多數男朋友一樣，總是會不可避免地出現 bug。比如說忘記打電話傳訊息；比如說還不適應女生每月必迴圈一次的狂躁週期；比如說對壓力閉口不談，而是自己緩慢消化，這在璐璐看來就是不算共同承擔。

璐璐覺得談戀愛就是解任務，一步一步打怪，一個一個拿金幣。金幣能換什麼？換十塊錢，往煎餅裡面加顆蛋！

後來璐璐發現他們感情路上總會走錯，不是她錯，就是他錯。每次錯了一步，兩人就蹦起來把前前後後走過的路查一遍，看看到底是誰的錯。

理工男本著找女朋友的心思，卻操著應付媽的心。哪有什麼心甘情願，我給你五十塊，你去買五顆雞蛋，只要別再糾結打電話、傳訊息和不存在的小三就好。

理工男的臉色像煮糊的麵條，擰成一團。

璐璐說：「我該拿你怎麼辦？」

理工男說：「我都不知道該拿自己怎麼辦，我又怎麼告訴你呢？」

璐璐不是不喜歡他，但與他在一起就像拖著一個走路慢的人在一場彈雨裡面前進，往前一步，就覺得千瘡百孔。她蹦起來、她跺腳，他還是那樣不緊不徐地走著。

她走得太快了，但是她不知道前面的路是什麼。

他走得不算慢，但是他更清楚自己的目的和節奏。

「兩個人想走下去，光有愛是不夠的。」

璐璐在某個夜涼如水的路口甩一甩手。

既然不夠愛，又何必等呢？

2

其實璐璐知道，理工男心裡是有過自己的。

有一次他坐地鐵來五道口找璐璐，帶著她去吃了一碗牛肉麵。他坐在她對面，大口大口地把璐璐剩下的麵湯喝完了，然後又帶著璐璐進了必勝客，說請她喝下午茶，卻只點了一份，然後把那塊小小的慕斯蛋糕推到了璐璐面前。

璐璐知道當時他借給朋友很多錢，但是不知道具體情況是怎樣。摩羯座的好與不好都在這種神祕的沉默裡被放大呈現，他不需要你擔心，但會時不時讓你覺得，你總是徘徊在他心門之外。

「還好今天同事還了我五百塊，不然都沒辦法來找你了。」聊天的時候，理工男突然輕描淡寫地說了一句。璐璐吃了一驚，想說什麼又沒有說，把吃了半塊的蛋糕推到了理工男面前。他笑了笑，又推了回來。

回住處之前，理工男買了泡芙給璐璐，是從魏公村地鐵站附近有名的網紅店買的。璐璐喜歡吃泡芙，理工男也喜歡，可是他還是把買到的泡芙都給了璐璐，抹茶口味的、草莓口味的、原味的。

璐璐一邊拎著泡芙一邊掉了眼淚，心裡想的是，嫁給他吧，這個即使身上只有五百塊也會來看你的少年。

璐璐也用同樣的方式喜歡過理工男。像是真心總是默契地碰到真心，愛一個人，必然竭盡了赤誠與天真。

她帶著買給理工男的禮物來看他，那時他們的感情已經有了裂痕。兩個人面對面坐著，彼此都有了自己的小心思。璐璐剛剛幫他交了兩百塊的電話費，盤算著會不會電話費還沒用完就分手了。

一起坐地鐵各自回家的時候，理工男還是把空位讓給了璐璐。璐璐坐下來，摸著懷裡要送給他的禮物。

到了知春路那一站的時候，璐璐走到了門口，準備下車，把禮物袋子塞給了理工男，一句話不說就下車了。

璐璐準備了一個杯子給理工男，杯子上印的圖案是擁抱的姿勢，因為她記得，理工男的帳號裡有個「hug」。而她的祕密不止是「擁抱」一個，在杯子的下面，她偷偷藏了五百塊給理工男。

這五百塊對於當時實習一個月只賺三千五的璐璐來說，是心意，更是告白，她想用這樣的方式告訴理工男：「可能我真的願意跟你一起吃苦呢！」

她不知道理工男有沒有明白，後來她看《致青春》的時候，鄭微對陳孝正說「或許我可以跟你一起吃苦」的時候，彷彿看到了曾經的自己。

當時的男孩都志存高遠，當時的女孩都燦爛若夏花。

我們都談過那種轟轟烈烈但漏洞百出的戀愛，儘管愛情因為失敗而收場，但是我們在結局中，收穫了對自我的認可。

哪怕是情執深重，哪怕是愛而不得，都曾經盪氣迴腸地存在過。

與金錢無關，因為我們愛的是眼裡心裡的那個人；又與金錢有關，哪怕是只剩下五百塊，也會想著可以見對方一面。

她和理工男相愛過、不解過、爭吵過，但終於分開了。

在她人生低谷的那一刻，她唯一的期望是想跟理工男重回那段求而不得的時光，可她咬咬牙放手了，自斷筋骨，有傷口的地方，流著血也閃著光。

璐璐從二十一歲，長到了二十三歲。

3

二十三歲的璐璐也喜歡過別人。

那個不經意走進璐璐生活中的男孩，因為自信而生機勃勃，因為體貼而溫柔如水。他就是一道白月光，把璐璐疲憊不堪的心照得閃閃發亮。

璐璐私下喊他少年。不是所有的男生都能永遠當少年，他們終會變成大叔或大哥，可是他不同，他始終不吝嗇對於生活的深愛和對璐璐的讚美。

生活艱險也好、真愛難求也罷，他有自己生活的一套體系和堅固的內心，他懂得擁抱一顆脆弱的心，然後等它發芽。

不是每個人都願意等的，但是璐璐在少年身上看到了等待的力量，少年相信璐璐和她必定會擁有美好的未來。每當璐璐覺得生活艱難想要放棄時，少年總會告訴她：「再堅持一下下，你可以的，你這麼棒，我覺得你一定可以成為自己渴望成為的那個人。」

有人說過，人與人的相遇相知，最珍貴的是照亮對方的那一個瞬間。所謂關係疏密，緣分有無，都不必放在心上，最後留下來的，不是曾經那些密不可分的關係，而是那些心心相印、惺惺相惜的瞬間。

璐璐默默喜歡少年很長時間，再後來他因為工作去了南方，有了女友，璐璐只好把心意收回來，沉澱成自我的養分。像《鐵達尼號》裡傑克死去後，蘿絲連同他期望的那部分也一起活了下來一樣。

愛之於一個人，真的可以是英雄夢想，是跋涉千山萬水後送去遙遙祝福與欣賞。

曾經有人問過霍金，宇宙中最讓他感動的是什麼？他說，是遙遠的相似性。我們雖然都是不同的個體，但同樣有著擁抱星辰與大海的夢想。

最艱難的二十三歲，璐璐總覺得是在少年對她的鼓勵和期待中度過的，這之後的日子，她愈加活得恣意熱烈，從艱難困境中掙扎出來並且活得風生水起。

後來少年也在他的工作崗位日漸優異，得到了快速的提拔和晉升，可璐璐和他卻再也沒有見過。

4

璐璐就是我，而我已不再是最初的璐璐。

曾經對生命的遼闊深遠一無所知，只一心把自己奉獻給愛情，想要天長地久的永恆，想要從一而終的確定。

那個時候的我沒有錢，目光短淺、敏感易怒，無論是對愛情還是對未來的規劃都很侷限。

無論是理工男還是少年，他們以男性的視角，告訴我如何去開拓自己的世界，如何不依靠其他人，在這個世界中找到自己想要的。

有些人來到你的生命中，或許只是為了給你上一節珍貴的課。

我們就是這樣長大的，遇到愛、遇到知己，從對方身上看到一些特別的東西，然後汲取為自己的養分。

如果說愛情一定有好壞之分，那麼好的愛情、好的愛人，能激發你更好的一面，使你成為更好的人。

好的愛情，沒有可惜，只有珍惜。

愛情是不斷成長和強大的，如果你是足夠自信的人，那麼你的愛情也會在生命裡旺盛，愈發鮮活。

愛情最美好的地方，在於它給予我們兩種寶貴的可能性：溫暖的陪伴和自信的未來。

二十五歲的璐璐對自己說：

自己種花自己開，自己開錯自己敗。

已無歲月可回頭，且以深情換白首。

謝謝不是你，陪我到最後。
感謝那是你，曾陪我走過一段路。

說愛你之前，我繞了多少個彎

1

「我們都不知道心裡有沒有對方，於是找來一把刀插在對方的心臟，然後發現對方痛的時候我也在痛，原來你在我的心裡面。」

這句話來源於我很喜歡的一個作者孫小美。突然想起來這句話是因為在微博看到了一個話題——「許多年後我才知道我曾經愛你」和「許多年後我才知道你曾經愛我」哪個更遺憾。

我拿著這個問題去問了萬年好閨蜜晶晶同學，她立刻說：「當然是前者更遺憾了。」我還沒有回覆，她又補上了一句，「不對，我又覺得是後者。」

「算了，我一個人去哭一下下。」她最後發過來一個欲哭無淚的表情，表示我攪亂了她的一池春水，讓她回想起了過去那些愛而不得的舊情，威脅我必須送她一支口紅彌補。

是啊，無論曾經是你愛我還是我愛你，那都已經是無法重來的事情了。當時的月亮那麼好，當時的我那麼珍貴，可終究還是錯過了。

愛情只要有錯過，就都是遺憾的，並沒有「更」的比較。

記得之前跟某任摩羯座男友分手，我提出分手的時候，他沒有抗拒，只是在深夜傳過來一句：「看到阿狸❶的時候，我就想到你了。」再後來時過境遷，我們做回了朋友，我開玩笑似的跟他說：「我們當年分手的時候，你連挽留都沒有挽留我。」

他說：「我挽留了啊！」

我啞然又不解：「你只是說了一句看到阿狸就想到我了，哪有挽留？」他淡定地說：「對啊，這不就是在挽留你嗎？」

我惶恐之後又趕緊鎮定下來：「你永遠都是這樣，真心話說得像玩笑話，誰分得出真假？」

年少時那些隱晦的愛，終於在時過境遷後雲淡風輕地說了出來。

可是「愛你」這件事，確是過期不候，人走茶涼。

那麼在說「我愛你」之前，我們為什麼總是繞那麼多彎呢？

1　中國一個以狐狸為造型的知名卡通人物。

2

夏目漱石的一句「今晚月色真美」，奠定了東方文化裡的含蓄愛情觀。

村上春樹也是極會拐彎抹角表達愛意的摩羯座，連渡邊在《挪威的森林》裡表白，說的都是：「春天的原野裡，你正一個人走著，對面走來一隻可愛的小熊，渾身的毛活像天鵝絨，眼睛圓鼓鼓的。它這麼對你說道：『你好，小姐，和我一塊打滾玩好嗎？』」。

中國自是不必說了。

《越人歌》裡有「山有木兮木有枝，心悅君兮君不知」，《上邪》中有「山無棱，天地合，乃敢與君絕」，《離思五首》有「曾經滄海難為水，除卻巫山不是雲」。

我記得有一句極好的詩，不瞭解當時民俗文化的人第一眼都看不懂。

「玲瓏骰子安紅豆，入骨相思知不知。」

這是唐代溫庭筠的一句詞。相傳古人將骰子兩面剖開，其中放入紅豆，再把骰點鑿空，這樣骰子六面皆是紅點。而古人稱紅豆為相思子，骰子又多為骨製，因此意指對愛人的相思已入骨。

明朝歸有光寫過一句悼念亡妻的話：「庭有枇杷樹，吾妻死之年所手植也，今已亭亭如蓋矣。」一文中一個愛字不提，我們當時讀課文也不瞭解這棵樹究竟有什麼深意，他的繾綣愛意，是在我們高中畢業很多年之後才能讀懂的。

張愛玲在《傾城之戀》中讓男女主角談了大半本書的戀愛，可是落到言語處，卻是范柳原對白流蘇說：「我想去你的房間看月亮。」

如果照搬這句話勾引直男，你就等著他準備好望遠鏡陪你探討月球知識吧！

看完《請回答1988》的時候，我就在想為什麼德善選擇的是阿澤而不是正煥。

螢幕前的我們都知正煥對德善喜歡得隱忍又克制，還常常把喜歡說成討厭，明明對面前這個人在意得不得了，卻永遠帶著嫌棄的笑。

是喜歡的嗎？是喜歡的。

不然怎麼會若無其事當著德善的面吐槽，然後又跑回屋子裡躲在窗後偷笑？不然怎麼會一遍一遍地拆繫鞋帶，直到德善出現才假裝不耐煩地離開？不然怎麼會擔心德善在公車上被擠，就算青筋暴起也要為她在擁擠的空間裡為她圈出安全範圍？他堅定地告訴德善絕對不可以去相親，他不想要別人喜歡德善。

他的每個眼神，每一絲氣息都在告訴我們他是多麼喜歡眼前這個女孩，但是沒有再往前一公分。

他的喜歡，一直夠克制、夠溫柔、夠隱晦。

直到德善再次被相親對象放鴿子，他終於決定去勇敢追求屬於自己的愛情。可是當他趕到電影院門口，阿澤已經站到了德善面前。

「如果今天，我沒有被那該死的紅綠燈攔住，我就有可能命運般地站在她的面前。我的初戀一直都是被那該死的時機絆住了腳。」

可是阿澤在這之前，因為翻到正煥的錢包才知道他也喜歡德善，在準備告白時選擇了放棄。

時機，不是自動找上門的偶然，是帶著懇切的盼望做出的無數選擇。搞怪的不是紅綠燈，不是時機，而是正煥數不清的猶豫。

正如正煥最後的自言自語：他的愛情，死於他一次次的猶豫和退縮。

愛情的另一個名字是勇敢。但我們總覺得愛情總要有所保留，才能收放自如，不危及自身。

3

我在網站後臺經常收到讀者的留言，有很多人都會問：我該怎麼跟室友相處？我該怎麼讓身邊的人喜歡我？我該怎麼讓我的男女朋友不離開我？

我們太希望自己變成磁鐵一樣的人，有著堅固誘人的吸引力，卻不願意去主動付出我們的熱情，奉獻我們的愛意。

為什麼我們總是不肯說我愛你，甚至有時候，明明是愛，卻說成討厭呢？是不是在我們的愛意裡，總有一些這樣那樣的法則，把我們禁錮在某個愛情的正確座標裡？

這個時代的戀愛聖經是什麼？是誰先動心，誰就輸了。這個背後傳達的意義是：愛情是一場博弈，先主動先付出的那一個，往往要比較吃虧。

我會喜歡你，但是前提是你更喜歡我；我會對你好，但是比你對我好要稍稍少一點。

總之情感的天平要傾斜一點，你才會覺得自己成為了這場愛情的勝利者，享受著果實與收穫。

毛姆在《月亮與六便士》裡說：「在愛情的事上如果你考慮起自尊心來，那只有一個原因：實際上你還是最愛自己。」

不肯明明白白、大大方方說愛的人，大抵都是曾經缺少愛的。

尤其在少年時期，家裡的教育環境嚴厲又苛刻，總以為對孩子們太過表揚和親暱會讓他們膨脹。

我和我身邊朋友都深有體會：從小在嚴厲又苛刻、覺得表揚會讓人膨脹的傳統中式家庭下長大的孩子，都格外需要別人的認可。

從幼年期小心翼翼地討好父母，到長大後面對喜歡的人，即使心有千千結，也不願意多往前邁出一步。

缺愛的孩子大多要靠運氣，才能跨過自己心裡的那道坎。

梁靜茹不是有首歌嗎？唱道：「你以為愛，就是被愛。」

很多時候當我們說「愛」的時候，我們是在說從愛中得到的東西，比如穩定、物質、安全感、溫暖。可是真正的愛，就是不問值不值得。

我喜歡的愛，就像《小王子》裡狐狸對小王子所說的馴養。馴養就是「建立關係」，即使我們對於世界來說不過是普通的狐狸和小男孩，如果你馴養了我，那麼我們就互不可少了，因為對我來說，你就是世界上的唯一；我對你來說，也是世界上的唯一。

愛若想要圓滿，必然是一種雙向的流動。

這段關於哪種情感最遺憾的談話，最後還是被晶晶用幾句話給終止了。

「其實有時候我們不敢於那麼篤定地表達，也是害怕那個人會離開。可是我們倆就不一樣，我知道你永遠不會離開，所以我會經常告訴你我想你、我愛你、我想見到你。因為你是我知道的那個不會離開的人。」

在那彎彎繞繞中，唯一能解開此中真意、破除愛的遮掩與遺憾的，或許只有確認——確認你是永遠不會離開的人，確認你是一直堅定的存在。

所以哪怕走過很多很多彎路，跨過山、跨過水，奔過日月與河流，也會抵達你身邊，說一句：「我愛你。」

請你也相信啊，你能付出這樣的愛，你也會擁有這樣的愛。

如何成為亦舒筆下的女孩

1

好友林小姐曾跟我分享過這樣一件事：她說家裡冰箱常年備著啤酒，但是她不喝。她狡黠地笑著說，那個冰啤酒是用來給哭腫的眼睛消腫的。哭累了閉上眼，把冰啤酒放在眼睛上，只要一下子就能讓眼睛的腫脹消下去。明天醒來，又是生機勃勃、所向披靡的一天。

她堅韌勇敢，分得清利弊，敢愛敢恨。在我還像個菜鳥在職場中亂打亂撞時，她已經為自己做好了五年的職業規劃。她手段夠軟、心腸夠硬，長著一張不討好也不輕易妥協的臉。

「哭要一個人躲著哭，笑可以對著全世界笑。」林小姐雲淡風輕地跟我說，活脫脫一副現代亦舒女郎的樣子。

沒有人知道她曾在長夜痛哭，都市女子，堅強得很。這樣的故事，孤身一人為生活打拼的女人都懂，若再有一點情傷，更是會有更深刻的感觸。

我最近在看亦舒老師的《我的前半生》，女主角子君的丈夫出了軌，她去找好友唐晶訴苦，兩個人深夜醉酒。

唐晶說：「你醉了。」

「醉了又如何。」子君倒在地毯上問。

「不怎麼樣，明天還得爬起來上班。」女強人唐晶淡定地說。我盯著書中這個片段看了好幾分鐘。從何時開始，我們也活成了亦舒筆下的女郎？

換做三五年前，我尚在大學的遊樂園，抑或剛剛畢業，那時候我是不愛讀亦舒的，跟現在的九〇後小朋友聊天，楊冪趙麗穎才是主流，聊作家便是辛夷塢華云云，嚮往的愛情都是要死要活、熱烈又蓬勃的，是真正的「情愛裡無智者」。

亦舒和瓊瑤是愛情的兩極。

瓊瑤的女主角大都中了愛情的毒，她們的「愛」是一種病，得治。但是瓊瑤當紅的那些年，小女孩們朦朦朧朧，尚不知愛情為何物，只能跟著「死了都要愛」的旋律振臂高呼。

亦舒筆下的女子大多冷面冷心，愛錢勢利且心高氣傲。她們都是體面人，內心再是意難平，表現出來的也只是淡淡的調笑，或者是溫柔的沉默。

第一次讀《喜寶》，裡面的女主角絕不是泡在愛情裡的傻女孩，開口便說：「我要很多很多的愛，或者很多很多的錢。」我那時清高又天真，有一種道德被侵犯的感覺。

可新近重讀小說《我的前半生》，我卻喜歡起這群都市女子的現實與韌性。她們深諳生活艱辛，情愛糾葛絕不浪費時間，合則來，不合則散。年輕時為一個人肝腸寸斷，可是在這個夜晚都要燈火通明、快速運轉的大都市，容不下那麼多的猶豫和矯情。

她們來不及為這些停不下來的男人擦淚了，她們的生活、目標、夢想，一件件都擠在了愛情的前面。

比起為愛情奮不顧身地喝「毒藥」，她們不再選擇飲鴆止渴，而是學會了繞過去，繞到愛情的另一面。那裡有她們努力就能夠獲得的、更為踏實的生活。她們不必依賴別人的關注和施捨，只要按照社會的標準不斷塑造自己，就能最終活成自己喜歡的模樣。

2

我認識一個學姐，畢業後來到北京，赤手空拳打拼來了自己的一間房，去年又買了車。聽說她今年過年回家的時候，準備在老家給媽媽付一間房子的頭款。

她有穩定的男朋友，據說已經向她求婚了好幾次。她開心、微笑、感動，然後拒絕。

「並不是因為我們感情不夠好呀，只是我現在還有很多自己要去做的事，並不想這麼快走進婚姻。」

我見過這個學姐的生命力有多旺盛。她早上七點到健身房打卡，八個月內風雨無阻，在公司做到專案總監，敢跟主管直言相撞，也能換一雙平底鞋自己扛著攝影機到郊區採訪；經常上一秒還在布置會場，下一秒就成了臺上侃侃而談的嘉賓。

綠妖《北京小獸》中的女主角李小路就是一個在北京廝殺拼搏的女人。她也想過辭職，長夜漫漫裡，人身如寄，這個京城有萬盞燈火，可她並沒有找到未來的方向。但第二天早上，她還是會穿著最貴的衣服出門，精神抖擻地上班，她要把他們都鬥垮。

她說即使自己要離開，也該在體驗過這座城市提供的最好的機會、最好的享受，體驗過它帶給你最痛苦的傷害和最絕望的失望之後。在此之前，她沒有資格說離開。

她不是找不到愛人，只是她找不到能與她並肩作戰、步調一致的戀人。所以她甩開他們，一個又一個，自己往前走。

愛情很重要，可是除了愛情之外你擁有什麼更重要？

這正是大都市的生存法則——先成為你自己，你想要的一切才能找到你。

3

如果你是一個年輕驕傲、接受了教育也一心想要過上美好都市生活的女孩，我們不妨來聊聊，如何成為亦舒筆下那些在感情中遊刃有餘的女子。

◆你要有自己一份獨立的事業

小說《我的前半生》中，子君離婚、工作、創業，然後又遇到了另一個適合結婚的男子，算是離婚女子得體的歸宿。

老師挑明地點題：「獨立之於女子的重要性，但凡有過去的女人，都懂得。」

一個人要長期在另一個人手中討生活，必定是痛苦的，淪落起來，又可達萬劫不復的地步。倒不如自力更生，若工作能力獲得社會賞識，定會要名有名、要利有利，自信十足，顧盼自如。

女強人唐晶在職場雷厲風行，對著閨蜜子君坦誠地說：「這世界像一個大馬戲班，班主名叫『生活』，拿著皮鞭站在咱們後面使勁地抽打，逼咱們跳火圈、上刀山，你敢不去嗎？」這話雖然滑稽，卻是每個孤身一人過生活的女子的血淚控訴。

經濟基礎決定上層建築，此話不謬。

老師在《世界換你微笑》裡同樣說過：「她所擁有的一切，均來自她的工作，大人讓她繼承的資產，不過作傍身用，為任何人與事犧牲或影響工作，都是愚不可及。」

對於都市女子的正確生存方式，她簡直稱得上是一個教育家。

◆你要懂得體面地跟過去告別

我喜歡亦舒女郎式的告別。

分手的時候大方接受，不出惡言、全身而退，最後只說一句：「不好意思，我不想答，這是我們兩個人之間的事。」

至於像劇中的子君那樣愛得沒有自尊、要死要活，和唐晶為了保全子君的婚姻，去警告男主角的情節，都不會在老師筆下出現。

亦舒說：「無論怎麼樣，一個人藉故墮落總是不值得原諒的，愈是沒有人愛，愈要愛自己。」感情是個奢侈品，女人必須自愛，然後才能愛人。這一點，亦舒看得最清楚。

楊千嬅唱過一首歌，就叫《亦舒說》，由仰慕老師很多年的林夕作詞，歌詞的結尾敞亮地寫：「和他講分手不掃興換來尊敬，未圓滿愛情也雋永。」

◆你要捨得為自己要的東西付出代價

小說《喜寶》中的薑喜寶得到了用不完的鈔票，但這個結局是她「跪下來拾起的」，亦舒清醒地跟現代女性掰清道理：「想要改變階級，你必須要付出巨大的代價。若是沒有先天優勢，那就要等價交換。哪怕這個姿態不夠道德，不夠優雅。」

這個世界上，有人靠工作能力，有人靠父母，也有人靠美貌，靠機遇……大家都有自己的生存之道，也該給人留一條活路，和而不同才是觀照世相人生的成熟方式。

人生短短數十載，最緊要的不過是滿足自己，而不是討好他人。

亦舒總會老去，但在鋼鐵森林的城市裡，她的傳奇永不落幕。我們未必都能有一個賀涵式的男子來相伴下半生，可她的這些傳奇故事，卻讓我們這些平凡女子心懷孤勇繼續前行。

單身那年，我跟自己談了一場戀愛

1

最近經常被知心好友問起：「有沒有遇到那個對的人？」

我突然想起了「對的人」這個標籤，最近好像也在別的地方看到過。

我曾經在某個網站寫過一個回答，是對於「人生一定會遇到對的那個人嗎？」的。

「弗洛姆在《愛的藝術》中提到，愛是一個能力問題，而並不是對象問題。自由戀愛的方式大大提高了人們對所愛對象的重要性，而不是關注愛本身的作用意義。所以我建議不必糾結於要等到某一個對的人。而且有沒有一種可能，我們這一生中要等到的最重要的人，其實是自己？」

活到現在，談過幾段零零碎碎的戀愛，在婚禮現場聽過真摯的愛情宣言，恨不能下一秒就成了誰的新娘；也見證過分手的鬧翻現場，兩個人一反往日的親密面孔，用最惡毒最無情的語言針鋒相對。曾經的軟肋失去了鎧甲，句句入骨，旁人聽起來都覺得鮮血淋淋。

我曾經把感情看作不可缺少的一部分。我曾經因為沒有人愛而在深夜痛哭，然後想一個理由繼續去相信愛情。雖然知道愛情會兩敗俱傷，卻仍舊像楊千嬅唱的那樣：「沿途紅燈再紅，無人可擋我路，望著是萬馬千軍向直衝，我沒有溫柔唯獨有這點英勇。」

但是今年格外特別，或許是因為換了工作之後整體狀態有了改進，從合租搬進了自己的小房間，和好朋友一起經營的公眾號也在穩步前進著，自己寫稿看書，偶爾跟小姐妹們吃吃下午茶，年度五個城市的旅行計劃已經順利完成，愛情、「對的人」，好像一下子在我的生命裡都放到了「自我」的後面。

在單身這一年，我談了一場有史以來最好的戀愛，是和我自己的戀愛。

2

身為一個每年一定要自己旅行一次，能自己一個人搬家、換水、吃火鍋、去醫院的資深單身人士，我深深體會過這個世界對單身的惡意。

我每次一個人去吃火鍋，服務員都會笑意盈盈地過來問我：「小姐您幾位？」

「一位。」

「只有一位嗎？」雖然這不過是句客氣的服務用語，但是我會莫名覺得有種被審視的感覺——「原來真的有一個人來吃火鍋的人啊。」

此時我就會忍不住聯想到海底撈會在獨自來吃飯的客人對面放一個絨毛玩具，也是非常有人情味的行銷方式了。

一般週末我會自己去逛書店，甚至勾勒了一幅帝都書店地圖，一個一個地找過去，算是我給自己生活的驚喜與獎勵。

我還新養了一隻貓，每天早起跟貓打招呼，表示愛意，甚至連朋友聚餐也會不好意思地提前退場說要回去餵貓。有些生活的樂趣，真的不是只有戀人才能帶給你的。

來不及去遠方，多看書多看電影也是種良性補充，有一句話是這樣說的：單身是最好的增值期。

只有在獨自一個人的時候發掘愈來愈多的快樂，才能在兩個人的時候更加遊刃有餘。

到了單身第三年的時候我終於理解了《生活大爆炸》裡謝爾頓說的那段話：

「人窮盡一生追尋另一個人類，共度一生的事，我一直無法理解，或許是我自己太有意思，無須他人陪伴，所以，我祝你們在對方身上得到的快樂，與我給自己的一樣多。」

3

曾經，看到那種為一個人要死要活的感情覺得真摯又動人，心想著這也是性情中人；哪怕是愛不到這個人，也仍舊會為對別人擁有的無限愛意表達敬佩。

現在，學會看到愛的徒勞。哪怕你用盡赤誠或技巧，對方還是會有不愛你的可能。

也不是說只要發現對方不喜歡就立即放棄，立刻飛奔到下一個目標；只是在你想要孤注一擲去堅持的時候，想一想：你最後想要的，是不問結果地付出後無怨無悔，還是一定要愛到這個人。

愛情裡可以有真心和執念，但不能全是執念。愛情最重要的，還是要及時停損、分清利弊。

有一種女生是令人羨慕的：她們堅韌，不管在哪裡，總能發出自己的光芒；她們聰明，知道怎樣的東西適合自己，包括愛情；她們自律，想要的就靠自己的能力去得到。

在我的心中，我的好朋友陶瓷兔子就是這樣的女生。她曾經跟我說過她的愛情觀：「這世界又不是只有愛情。對於大多數人來講，只要有點上進心都會愈活愈好，愛情的發生只是必然結果而不是目的。我覺得女孩子成熟的一大標誌，是在愛情裡也有理智。」

時代在往前走，愈來愈多精彩的人生和獨立的人格呈現在時光長河之中，傷春悲秋、為愛癡狂的畫風已不適用於這一代人。

我們常常會愛上那種遠遠望著都會發光的人，或許是少年般瀟灑不羈的，或許是得體又有趣的，總之他會是人群中不同凡響的存在。

我也沒有例外地喜歡過這樣一個男生，拿出十二分的心意去待他。只有靠近他、被他肯定，才能覺得他身上散發的光也照亮了自身。所有相處的日子都鬆弛得近乎天然，也有過想被對方體貼照顧的心意。

沈佳宜在《那些年，我們一起追的女孩》中說過：「愛情最好的時候，是在曖昧的時候。因為那個時候我們都在扮演對方需要的那一類人。」

可是當大家相處過一段時間，彼此都露出了更為本真的心性之後，我才意識到，對面的他，大概永遠愛自己超過愛別人吧。對於他來說，自己的事情和節奏是最為重要的，哪怕是我生病了想要他陪伴，也只能按照他既定的節奏往後排。可是對我來說，陪伴也是很重要的。

兩個同樣想要別人妥協和照顧的人，終究會離告別更近，離相愛更遠。

他說：「希望你找到對你更好的，別難過。」

我理智又克制：「我不會難過的，因為我很清楚自己要的是什麼。」

擦擦眼淚，我學會了頭也不回地向前走，因為已經把頭扭斷了。這個人也許很優秀，但他並不適合我，也無法跟我繼續走完剩下的路。

愛情最令人心碎的，不是你愛錯了某個人，而是你從頭到尾，都沒有愛對人。你愛的那一類人，或許你根本搞不定他，而且他也根本不適合你。

你喜歡獨立，連對方給夾菜都覺得黏膩，但卻選擇了一個爸爸風的巨蟹座。

你喜歡陪伴，覺得禮物比不上他在你身邊，紅包比不上他在你身邊，但卻選擇了一個來去如風、鍾愛自由的射手座。

愛情最無奈的不是愛而不得，而是得到了之後，無論再怎麼努力再怎麼辛苦，都無法在一起。

然後有一天你突然明白，你愛的僅僅是他身上的光芒，你誤以為靠近他的時候，自己也會變得閃閃發亮。

年輕的女孩男孩們總以為把自己獻身給愛情，就不用處理「自我」這件事了。

當你沒有選擇的時候，你才會拼盡全力地把生活的意義訴諸愛情，渴望它能夠成為你平淡生活裡的唯一閃光點。

可是現在，我們有大把時間，可以去旅行開闊眼界、可以去看書博聞強識、可以去報個證照班投資自己，為什麼非要心甘情願地去不合適的人生命裡當個配角？

我愈來愈覺得，做為一個獨立的個體，首先要找到自己的目標，才不會將自己的生命依附於他物，才不會輕易被他物擊碎整個人生。

我在知識網站看到了一篇很喜歡的文章，是作者達達令寫她小阿姨到了三十歲才找到真愛的平淡故事。結尾處她說：「相比談戀愛這件事情，我最希望自己三十歲以前能收穫到的禮物是什麼？我的回答是：找到自己的社交圈子、興趣愛好，以及有對抗孤獨的能力。最後一點，我會誓死追尋。」

4

作家蕭伯納說過一句俏皮話：「該單身的單身，該結婚的結婚，反正你們最後都會後悔。」

任何一種生活都有其不盡如人意的地方。但關鍵在於，這種生活是不是我主動選擇的。

根據研究表明：在美國，二〇一六年二十五歲及以上未婚人士與已婚人士的比例是一九六〇年的兩倍多。成年後，人們更長的時間裡是處於單身的狀態。那些婚姻生活帶來的所謂的巨大益處，比如健康、長壽、幸福等，都是被極端誇大的，或者是完全錯誤的。

在日本二十到二十四歲男性的獨居單身率是94．2％；二十五到二十九歲的比例為71．1％；到三十歲的男性仍有近一半保持獨居單身。

愈來愈多的人開始知道：單身生活也可以過得充實而有意義，這將導致保持單身愈加成為一種真實可行的選擇。與此同時，更少的人會出於逃避單身生活、或迫於周圍的壓力而去結婚，他們選擇結婚僅僅出於本心。

如果主動選擇單身的趨勢持續下去，將來的人們會有更多機會去追求最適合他們自身的生活，而不是過一種被要求或強加於己的生活。

歸根結底，單身只是一種生活狀態而已。無論你處於怎樣的年齡層，都不要放棄對愛的信念，對美好生活的嚮往，和對自我的追求。

願你一個人，得體又有趣。

傷心的聯誼和失落的約會

1

我仍舊記得自己唯一一次被大型聯誼會支配的夜晚——並不熟練的主持人按照一個個環節來進行破冰遊戲，每個人拿著自己的號碼牌，在幾十個人裡尋找唯一一個配得上這個號碼牌的人。

這次聯誼會是朋友公司舉辦的商業活動，我因為對聯誼感到好奇，所以客串了女嘉賓。我雖然是湊熱鬧的，但畢竟是第一次參加大型聯誼活動，還是專程穿上了體面的衣服，化了一點淡妝到了活動現場。

我先是在門口簽到，領取自己的號碼牌和禮品，然後靜靜地坐在嘉賓處等待。等到活動快開始前，主持人會上臺根據男女比例進行分組，我和其他三個男生兩個女生分配到了一組，嗯，每一組都還有競爭遊戲。

原來單身競爭和聯誼競爭都是那麼激烈，畢竟人那麼多，想要快速地找到適合自己的人，還是要擁有一定的表現力。

第一個環節是去旁邊領取咖啡和蛋糕。蛋糕綿軟可口，吃下去，能感受到一種確定的幸福。這可能是整個聯誼會中最值得確定的幸福。

之後的環節很老套，各個小組互相介紹自己，其中有一位小姐是自行創業，在北京買了房，但是拼著拼著，就已經三十歲出頭。在我看來，她靠著自己的手打拼出了屬於自己的事業，是非常值得讚美的。但我的讚美和欣賞，並不意味著她也能被他人接納。

不出意料，在同組的男生在知道她的年齡後，態度就沒有剛開始那麼熱絡了，反而主動向我和另一個女生搭話。

聊天中我得知有個男生是北京當地人，有正當職業的公務員，但是長相就一言難盡了。在活動中也瞭解到，其實北京的大齡男子也不在少數。他們的擇偶標準中有時會有一個硬性要求：女孩子的身份證號是一一〇開頭的。這其實就是「這個女孩必須是當地人」的委婉說法。

嗯，有時候身高一百六十公分以上也是硬性需求，像我這樣一百五十五公分的小個子聽到後就會默默後退。雖然抱著自己也並不差的想法，但在別人的條條框框面前，總會不自覺地想要退縮，擔心即使是主動上前，也無力改變別人的標準。

標準這種事，與其說是來審判別人的，不如說是來為難自己的。最終我們找到的那個人，或許已經跟曾經的標準背道而馳，但彼此的心意相通，就是最值得自己珍惜的存在。

或許目標明確也是一件好事，至少效率高。在這樣的大城市裡，效率就是一切。

聽另一個朋友說，有個二十七歲母胎單身的男性友人去年年底終於交了女朋友，成為了朋友圈裡有名的曬妻狂魔。

我好奇地問起來：「為什麼這麼優秀的男生都一直單身？」

「當然是因為要求高啊！他自己是碩士畢業，在北京有房有車，想要的女朋友也得是碩士學歷，一六五以上。我們給他介紹過很多女孩，他都婉拒了。」

原來優秀的男生並不是不找女朋友，而是他太清楚自己想要的是什麼樣的女朋友，所以從不會耗費時間在不匹配的人身上。

另一組中有一個看上去極溫柔居家的小女生，一眼望去過就是網路熱傳的「好嫁女」。穿著簡單、扮相清純，身高大概一六〇左右，吸引了場上大部分男孩子的注意。

我看到場上有一個清秀的男孩子，當我目光飄過去時，就能看出他不時地在關注那個「好嫁女」。

2

當活動開始的時候，主持人為了活躍氣氛，邀請大家走到臺前參與破冰遊戲。

在歡脫的音樂裡，大家都像被控制的羊群一樣走來走去，在音樂停止的節點上做出相應的動作。而我們這些沒有上臺的嘉賓們，就在臺下悄悄地聊著天。

旁邊那個北京的男生委婉地問我：「你爸媽是做什麼工作的呢？」

這彷彿是聯誼戰場上心知肚明的術語，背後的含義是——你的父母有沒有退休金。

我只好坦坦蕩蕩地回答：「我爸媽就是普通工人。」他原本興奮的表情漸漸淡了下來，聊了一些不痛不癢的話之後，就轉頭跟旁邊的女孩搭起話來。

我轉身望了一眼窗外，天色黑了下來。這座城市是不夜城，但是萬家燈火背後，卻沒有一個為我等待的人。

我突然想起了曾經有個男孩跟我告白時說：「你是普通家庭，我也是普通家庭，我們普通對普通，你覺得適合嗎？」

我忘記了當時我的回答，只記得當時那種青澀的心情，不涉及門戶和階層，只是單純的喜歡和一種坦坦蕩蕩的心意，現在想來竟覺得是一種奢侈。

活動往往是盛大的開始和匆匆忙忙的結尾，我們像是帶著期待而來，又帶著失望而歸的獵人。大家零零散散侷促著走出活動場地，最後還有一個環節是把自己的號碼牌留給心動的異性。

我看到之前注意到的那個清秀男孩手上拿著三個號碼牌。他匆匆把自己的號碼牌放進了書包裡，就神色黯淡地搭電梯去地鐵站了。

在走向地鐵站的路上，我碰到了那個問起我父母工作的北京男生。他寒暄地和我打了一下招呼，然後說：「那我去那邊搭公車了。再見哦！」

嗯，再見了！讓人傷心的聯誼！

3

除了聯誼，其實我也有跟朋友介紹的男生約會過幾次，但總有一言難盡的感覺。

好像是真的到了約會的那一刻，才明白自己在朋友眼中是什麼樣的存在，也才明白在婚戀市場，心意相通這件事好像退到了後面；而首當其衝的，是穩定的工作、可控的生活狀態和待嫁時歲月靜好的模樣。

有一個說話極紳士的聯誼對象，聊天時說起來自己平時的業餘愛好是看電視劇，比如《大染坊》之類，我聽完之後覺得像是敷衍，但又不好意思深入追究。對方有房有車，雖然房子是在北六環之外，車子只是普通的代步車，但在介紹我聯誼的朋友看來，我坐在這裡想要與他締結良緣，已有高攀的意味。

男生試探地問我：「你現在是自己住嗎？」

「嗯，是自己租的房子呢。」

「哦，那一個人住也很開心吧。畢竟無拘無束的。」

當然有開心的時候，但也有一些不開心的時刻。生病或難過的瞬間，我就會想要有一個可靠的、可以觸碰到的陪伴，不然怎麼會來約會呢？我在心裡碎碎念，可是又不能讓別人覺得我特別饑渴。要扮演一個歲月靜好的淑女簡直是太難了！

「是啊，還蠻開心的。會有自己的一些獨立空間，平時偶爾請朋友來家裡吃飯。」

最後我們倆似乎並沒有就深入接觸達成一致，於是也就沒有互加好友。我主動提出來要早點回家，男生依舊是紳士地幫我叫好了車，然後用手抵著車門把我送到了計程車上。

「回去注意安全哦！」我微笑著回應他：「你也是哦！」然後兩個人有默契地對視了一下。我關上車門，從東三環回到了北四環的自己所謂的「家」中。

再見了！失落的約會！

4

把燈打開的那一瞬間，光亮盛滿了整個房間，還沒看完的書放在桌子上，床上的絨毛玩具依舊顯示著房間的主人有著一顆少女心。

那麼，愛呢？

愛，湧到心口，堵在喉頭，咽不下，也吐不出來。

談戀愛並不是不可能，只是很艱難。工作的壓力、升職的壓力、租房的壓力，各種壓力都讓人喘不過氣來。每次打開銀行帳戶查詢餘額，那一點小情小愛的心思就會熄滅一點點。

和女性友人們聚會的時候聊起了戀愛的話題，有一個女孩說：「我在北京談過的戀愛沒有超過三個月的，也許是偶然，但是這個城市給人喘息的時間太少了。大家戀愛得十分匆忙，每次約會都像完成任務，哪有時間好好愛？真心比沒有霧霾的好日子都稀少，大家要麼聯誼第一面就想要把婚期確定下來，要麼把看電影吃飯迴圈幾十遍，還是不肯輕易說出那一聲『愛』。」

會一直這樣孤身下去，不值得認認真真地被愛嗎？

人生如寄，長夜漫漫，會找不到能齊頭並進、共同尋找星辰與大海的戰友嗎？

我有時候深夜接到女性友人的電話，被繁忙的生活按壓下去的對於愛的渴望，總會不自覺地冒出來。兩個人惺惺相惜，給出答案：「我們都值得被愛。」、「再試試，總有一天會遇到的。」

生活到現在，也不是抱著一定要找到真愛的決心才留在北京的。

雖然我不會放棄追求愛情的機會，但愛情只是為生活錦上添花，沒有也並不可惜。

我們還年輕，有更多其他值得做的事情。比如為自己的事業添磚加瓦、關照身邊的朋友，好好利用這個城市的資源學習新的技能、開闊眼界……等等。

也許只有在大城市，你才不需要靠談戀愛來抵抗別人對你的質疑和別樣的眼光，也不需要透過「有一個戀人」來證明自我。

也許人生的此一步必須要經歷彼一步。我們必須要遇到無數個不正確的人，才終於可以找到那個正確的自己，然後和那個久違的正確的對方迎頭相遇。

愛情有很多條歸路，而我想當下最美妙的一條，就是回到自己。

故事搖搖晃晃地向前走，日子是舊的，人永遠溫暖如新。

那是精疲力竭之後的重生。「日光之下無新事」，這美好的一仗，又要重新開始了。

帶老媽來北京之後，我們和解了

1

和自己的母親溝通，可能是這個世界上最難的事。

她要的是你安穩閒逸，有人能疼愛你，成為你的依靠，不必像她一樣日日操勞。可是你想要的，是在大風大浪中突破自我，在艱險中尋得所愛。

她要的是你早餐晚餐都有著落，眼前有光，前方有路。可是你要的，是隨時等待著機遇，然後衝上去縱橫捭闔。

你沒辦法把你想要的生活一字不差地灌輸給她，可你還有機會，帶她看看你想要的生活。

我來到北京很長一段時間裡，對父母都是報喜不報憂，打電話前也是精心修飾一番，把自己的疲憊和不安藏起來，裝成一種雲淡風輕的語氣，讓爸媽覺得我在這個大城市完全可以遊刃有餘。

偶爾因為加班在打電話時有些鬆懈，隨口說出了自己還在加班，我那大嗓門的母親就從電話那頭喊過來：「什麼？都九點多了你還沒有下班嗎？」

我也只好搪塞著重複說：「快要下班了，快要下班了。」

我剛到北京那一年曾經想讓爸媽來一趟北京，但是由於自己當時跟別人合租，他們又不肯住在飯店，覺得花費太高，說了幾次就擱著了。

等到去年我有了單獨的住處，媽媽突然有一天說：「我要不要去北京看一看你？」我才突然意識到，原來她一直都擔心我的生活，她一直都對我所呈現給她的生活狀態存疑，只是她沒有拆穿我。她終於還是不放心地想來我的生活裡看一看，看我是否已經從當年那個讓她操心的小女孩蛻變成了成熟的大人。

媽媽來北京的那天不算太熱，正是夏末清朗的好天氣。

她不願住在飯店，只好依著她住在我的房間裡。每天早起的時候，媽媽像在家裡一樣熬好粥，炒兩個菜，步行過一個路口去買包子。在我收拾好之前，一句「吃飯了」，把我過去幾百個日夜「無人與我粥可溫」的孤獨時刻都治癒了。

我居住的房間並不大，為了裝飾它，我買了地毯和簡易的小桌子，還有一些日常的電器。媽媽一大早起來就開始幫我整理房間，看著我摺好的軟塌塌的被子笑著說：「你看你怎麼摺被子還是這麼醜。」

「能睡就行了嘛，又不是給別人看的。」

「就是因為這樣你才交不到男朋友。」

任何話題都能七拐八拐到男朋友這個話題上，「媽媽式的談話」內核堅固，唯一的指向就是一句話：寶貝女兒，快找個男朋友吧！

彷彿無論女孩的生活再怎麼豐富，沒有男朋友，都會成為一個不可饒恕的巨大的漏洞。

「你還想在外面漂幾年，不結婚了是嗎？」幾乎每個離家在外的女孩，都接受過父母的這般質問。

「可是如果沒有喜歡的人，彼此湊合還不如自己單身呢！一定要為了結婚而結婚嗎？」朋友說她還是希望能找到一個自己喜歡的人。

在這個女權被大家熱烈討論的時代，在老一輩的眼中，一個女孩子的歸屬仍舊高於她的自我選擇，高於她的事業和自由。

我依然對於我媽在病房裡對我的某次逼問記憶猶新：「你就告訴我，你現在不回來，以後嫁不出去怎麼辦？」

我不知道該如何回答她，我的心裡隱隱有一個答案：「我相信，在我往前走的時候，總有一天會在路上遇見那個人。」但是這個答案在他們看來完全沒有說服力。

2

我帶媽媽去故宮、去雍和宮、去頤和園，帶著她在地鐵裡穿梭，從地下到地上，從二環到四環，她嘴上一直說著，這個城市太大了。

初乘地鐵，她對這個巨大的系統一無所知，地鐵門滴滴一聲開關時，她都會有點緊張。她好奇地問：「你們每天都是從地上鑽到地下，然後從這裡去上班嗎？」

「這個是專門建的地鐵，上班路上不會塞車。」

「可是人太多。」她搖了搖頭，說笑著望著我，那目光好似看穿了我在擁擠不堪的地鐵上是如何尋得一席之地的。

「不會啦！特別方便。」

去故宮的時候，她拿著手機拍來拍去，她用的始終是我的舊手機。我知道她喜歡拍照，但是幾次三番跟她說買新手機，她都擺手說不用，這個手機用得很好。「夠用就好」是她常掛在嘴邊的話。從我有記憶起，她對自己的吃穿用度就勤儉到極致，然後把目光注視到我的身上。

到了雍和宮，我跟她說這裡香火繚繞，人氣旺盛得很，據說許願很靈驗。媽媽知道後拿了香就從前殿轉到後殿，把各路神仙拜了一遍，然後問我：「你知不知道我許了什麼願？」

「不知道。」我嘴上這樣說，內心卻在默默地念叨，肯定又是感情生活吧，母女之間的默契是天生的，她的擔憂與祈願，就連眉梢髮角都絲絲縷縷與我有關。

「想要你趕快找個男朋友。」她笑了，彷彿這樣的話說千遍萬遍也不厭。

「好，我找。」我拉著她往外走。

「你就只會敷衍我。等我回去了，你又開始忙工作，也不會操心自己的終身大事。」

「可是你看我的生活這麼豐富，也不一定非要去找一個人陪伴。我想趁自己自由的這幾年，好好地過自己的生活。」

「好，隨便你吧，反正我不在你身邊，也不能一輩子管著你。」

從雍和宮出來的時候，她抱怨說怎麼門票這麼貴，沒走兩步就走完了，不像頤和園，那麼大的園區，逛起來覺得划算。

我笑著跟她說，景點怎麼會講求ＣＰ值呢，而且這裡是首都北京呀，無論逛什麼景點，都是帶著帝王氣的。就像我選擇留在這裡，無論結果如何，過程總是獨一無二的。

她不是不懂，只是不願意接受，就像她不願意接受，她唯一的女兒會淹沒在這個大城市的人流之中，不會得到特別的恩賜和祝福一般。

遊覽的這幾天，幾乎都是我做主怎麼走、去哪裡。媽媽緊緊跟在我的身後，很怕走丟的樣子，我拉著她的手，就像小時候她拉著我。

這些年，我像個不懂事的孩子一樣東走西顧，留在她身邊的時間有限，甚至交流有限。我有我不能捨棄的精神追求，而她也有她希望的子女順遂、平安穩定。這兩種需求也許不能平衡，但兩人的眼界卻可以通過相互進入彼此的世界而開闊。

3

我與父母在過去相熟卻不相知，然而在當下和未來，我卻有機會向他們展示，我想要的生活有著怎樣的色彩。

所謂的「原生家庭」概念讓越來越多的人意識到，我們現在的心態和狀態與童年的經歷有著千絲萬縷的關聯。於是有的人也因此把生長的負面情緒全部歸咎於父母，沉浸其中無法自拔，也放棄了成長。可也有人通過自我的成長逃離了原生家庭的傷害，並且接納了不夠完美的父母。

在父母的吵吵鬧鬧和相互拉扯中長大的我，從小到大一直沒有建立起自己的安全感，曾經像抓住救命稻草一樣抓住來到我生命中的戀人，以愛的名義對對方進行掠奪，為了獲得期待中的安全感而把彼此弄得傷痕累累，然後在受傷和失望中一遍遍地修行，最終從結痂中生長出更加強韌的自我。

父母沒有給我的東西，我或許將用盡一生去追尋。

我接納父母的不完美和他們的經歷所帶來的侷限性，我理解每個人都有自己沉重的十字架在背負，在親子矛盾中，不會有一方比另一方更幸福。如果無法和解，我們都痛苦。有一句話我記了很久：「放掉不美好的過去吧，還有更好的未來在等你。」

曾經他們是我全部的世界，可是現在，我也終於可以帶他們看世界。

我想把我生活的片段展示給他們，讓他們知道我的生活有它的價值所在。它繁華擁擠，也充滿一切可能；它有家鄉沒有的便利和發達，也有家鄉無法提供的機會和未來。

媽媽從北京回去後，對我的催促感明顯減緩了：「我們想要你一生安穩，有人照顧，可如果你要的不是這個，我們也沒辦法。父母能給你的就那麼多，其他的，只能靠你自己了。」

送她去車站的那一刹那，我隔著柵欄看到她向裡面走去，頭上已經有了明顯的白髮。她曾經是多麼心靈手巧，周邊人提起她來都稱讚她為勤快少女。可是這些年，她用她的大半生，換來我的健康成長，默認了我的在外漂泊，擔心著我的情感與事業著落。

「所謂父母子女一場，只不過意味著，你和他的緣分就是今生今世不斷地在目送他的背影漸行漸遠。」

我們的選擇沒辦法被父母完全認可，所以才要拼盡全力，告訴他們按照自己的方式活，也可以活得很好。

我們付出時間做為代價，來換取嘗試錯誤的自由；我們付出安穩做為代價，來換取成長的自由。

我們不想一生努力，只為活成父母期待的樣子；那就更要拼盡全力，讓父母看到我們身上存在的無限可能。
我們是尋夢路上孤獨的旅人，也想成為他們心中最大的英雄。

願有一個人，照亮你受傷的路

1

你一定也有過在深夜與朋友抱頭痛哭的經歷。無論是吹著風還是下著雨，只要他還在你身邊、他還沒放棄你，你總覺得世界會有你的一席之地。

你一定也有過在電話那頭聽到他罵你蠢、罵你傻的瞬間，可他最後還是溫柔地說上一句：「怕什麼，你還有我呢！」

一定有過這樣的一個人或者一些人，在你的生活中陪你走過一段路，為你點過一盞燈。

在我來北京之前，認識了同系的學姐，當時她在北京工作了三年，成為在我們這個領域中北漂裡混得有聲有色的代表人物。

我加了她微信，弱弱地諮詢：「我該不該去北京？」她回答得果斷：「這麼年輕難道要在小城市憋著嗎，想來就來，怕什麼？」

在我剛來北京的那段時間，對於生活的迷茫程度像北京的霧霾那樣重，抬頭仰望的，是含混不清的灰色天空。我究竟是為什麼，放棄了穩定，遠離了親情，在這片土地上看不到方向地生活著？

學姊帶著我去吃飯，講述她從小公司跳槽到大公司的經驗，親自教我信件禮儀。在她的身上，我看到一個女孩可以在這個城市中擁有的無限可能。

《一代宗師》裡章子怡扮演的宮二先生講：「見自我，見天地，見眾生。」

如果沒有機會看到更大的世界，我們總以為所處的井底也是怡人的樂園。沒有更多選擇時的選擇，與其說會讓人後悔，不如說會讓人不甘心。

學姊的工作時常需要接觸在「大褲衩」❷工作的同行。她跟我說，她覺得疲憊的時候，總會想起站在「大褲衩」的最高層俯視整個城市的感覺：「這個偌大的城市能留下這麼多的人，有那麼多的人在這個城市過得愈來愈好，為什麼我不去做其中的一個呢？」

於是她奮力向上，穿越洪流，成為了其中的一個，從小公司的助理到現在的執行總監。她用了三年的時間，不算長也不算短，最重要的是：她從來沒有想過後退一步，哪怕只是一小步。她始終保持著向前的姿態。

2 - 指央視總部大樓。

在我來北京的第一年，我跟學姊見過很多面，吃過很多次飯。從國貿到三裡屯再到藍色港灣，她總會特意選在燈火通明的繁華地界，我邊吃邊提出自己的困惑，她邊吃邊給出實際的解決方案。

她說話鏗鏘有力，不卑不亢，我在她舉手投足間，看到的是這個城市賦予她的廣闊而豐盛的人生。

我們都來自小城市裡的普通家庭，見識有限、資歷有限，從一個名稱最後是「學院」而不是「大學」的院校走出來。與學姊同齡的其他女同學早早走上了結婚生子育兒的標準化路線，或者在老家的企業單位找了一份工作謀生。這種生活說不上不好，只是未來沒有太多的驚喜，穩定是最大的特色。

決定一個女孩眼界的，不是她想要什麼、想看什麼，而是實實在在地可以觸摸到什麼。

若身邊是奮力打拼、顧不上矯情幽怨的人，她自然能看得到上進的力量。可如果是習慣了身邊茶水報紙相伴和偶爾閒話家常的大姐，就算她想要獨善其身，也難免會因為找不到榜樣而茫然。

慶幸學姊當年給我的鼓勵和指導，讓我度過了北漂的第一段迷茫期。

張愛玲說過出名要趁早，我覺得去大城市，也是愈早愈好，哪怕是栽了跟頭，總還有爬起來的時間。

2

生活從來就不是容易的。總有人比你更有勇氣，過著你想要的生活。是這樣的人，讓我看到了自我的侷限、脆弱與遲疑；但也是這樣的朋友，拉我走出泥潭，指著遠方跟我說，我們一起奮鬥到最後吧。

比起教我用更優越的物質生活抵抗平庸生活的博主，我更需要的是可以並肩作戰、身處同一個戰壕的戰友。

他也許跟我一樣經歷著人生最堅強或最脆弱的時刻：偶爾抵制不了甜點的誘惑；有拖延症，但更多時候寫作、健身、做菜，給你陽光正能量；雖然每月被各種瑣碎的小事週期性困擾，卻依舊是生活與工作中的扛霸子。

他懂我的無助，也能寬慰我的迷茫；他明白我的艱苦，也對我的失誤毫不留情地批判；我能在他的身上，看到自己期望的生活狀態。

陶瓷兔子就是這樣一個戰友。

認識陶瓷兔子的時候，我還是個剛剛北漂不足一年的小菜鳥，怯生生地跟組裡的小網紅打招呼，發一些稿子嘗試邀約書評。

兔子的書評又快又好，更重要的是她的語言鏗鏘有力，卻又不失溫柔。

一個人的文字中常常藏著她的性格與生活。

兔子是個自律又柔軟的女孩。那時我剛剛開始寫作，對自己寫的文字不大自信，她卻能從細節處找到亮點，然後特別真誠地跟我說：「七天啊，我覺得你這個寫得蠻好的！」

「真的嗎？」我有點受寵若驚。我們聊了很久，我第一次覺得，自己離嚮往的女孩那麼近。

那時她已經出了兩本書，經常在《人民日報》和《思想聚焦》等知名公眾號發表文章，但是她並沒有過度宣傳過自己的作品。她只是在寫，就像吃飯、盥洗、睡覺一樣自在，有種不妥協也不焦躁的態度。

我在她身上看到了同齡女孩缺乏的堅定和克制，她有自己寫作的和生活的標準，有不過剩的物質欲與不滿足的求知欲。

我很確定，她是那種會一直發著光的女孩。不會是稍縱即逝的閃亮，而是幽暗森林裡始終閃爍、讓人能夠長久守望的光芒。

很快地，我們開始交流寫作經驗、交流日常生活，偶爾聊一下八卦，也互相催過稿子，會在對方休息好之後更新公眾號時，說一聲「歡迎回來」。

慢慢地，我好像沒那麼孤獨了。因為我知道，在千里之外，會有一個明眸皓齒、言笑晏晏的姑娘，在我們彼此都熱愛的文字上給予我鼓勵與支持。

偶爾有一些拿不定的事情，我也會諮詢她的意見，每次都能得到她及時又中肯的回覆。甚至在找不到寫作思路時，我們聊一聊天，她就能激起我的一波小小的靈感。

我們說「愛情不是兩個人的對視，而是兩個人的眼睛看著同一個方向」，其實這個原理適用於任何一段關係。

我們互相照應，彼此扶持。我的急躁和她的慢熱都可以融會貫通，彼此挖掘出更好的自己。

我慶倖在我二十幾歲的時候遇見這樣一個戰友，能與她共同找到一份都願意為之付出的事業。她幫助我慢慢消解我的脆弱和孤獨，幫我挖掘出了體內那個更為飽滿豐盛的自我。

3

我以前聽過一句話：成長的陣痛沒有人能夠替代。哭過了就會明白，弱者的自言自語總是難以被聽到，不是聲音不夠大，而是因為這個世界的規則，兜兜轉轉只為強者存在。

我不知道成長是不是有隔空助力的功效，但是在我遇見過的這些姐姐們身上，我看到了身為女性所具備的無限力量。

遇見了這些照亮我生命的人，就像是一條找對了方向的河流，一路上流過肥沃的平原和壯美的峽谷，消解著前方的一切阻擋，逐漸變得寬闊，最終奔向汪洋，成為大海。

在這個過程中，並不是所有人都能抵達自己夢想的目的地。

我有個好朋友桃子，曾經跟我說要一起留在北京。她是我前一家公司的同事，圓圓臉，梳馬尾辮，不顧父母阻攔，一腔熱血來到北京。

她很熱情也很活潑，迎面走來的時候撞到我，我會被彈出一大段距離。活得生猛的桃子，一心渴望留在北京。

平時下班後，她會去健身房鍛鍊，不管多晚都會做好第二天的午餐，還偶爾跟朋友去看看話劇或者電影。桃子的生活雖然樸素但依然有期待。這裡有她喜歡的生活節奏，有能跟她一起聊天談夢想的同學朋友，當然了，也有她常常掛在嘴邊，最喜歡吃的原麥山丘。

我們一起加班、一起健身與讀書，也一起做看似無用又渺小的事情，比如在心裡期許一個值得等待的未來。

她有時候不那麼確定自己為什麼留在這裡，但也總是給自己打氣：「我想我們還可以在這個大城市嘗試一段時間。未來怎麼樣，看看吧！」

「桃子，你有沒有想過，其實我們選擇了在大城市嘗試，可能結局不會太好，但仍舊有一絲可能。如果能在這裡生存下去，我們就可以在任何城市生存下去。而且以後，當我們的孩子像我們當初一樣選擇去大城市的時候，我們不會像老一輩那樣對他斷然否定，我們明白過奮鬥的價值，才能更加瀟灑地放手讓他們飛。」

「是啊！即使這是一條不成功的路，我也要親自走過之後，把所有的曲折積攢成經驗告訴我的孩子。」

北京的春天是難得的好時候，有微風吹拂，綠葉抽新芽，路人騎著小黃車來回穿梭。我們兩個吃完飯，迎著春光向公司走去。

我們都是桃子，而桃子，是選擇在大城市生活奮鬥的無數個年輕人的縮影。

桃子在北京一直孤身一人，日子久了，彷彿失去了曾經的信念，於是離開了北京，回老家考了公務員，然後在老家嫁人成家，成了小城裡有房有車有孩子的甜蜜婦人。

某個瞬間，我彷彿在她身上看到了平行時空的自己，如果離開北京，生活會不會輕鬆很多。

可是她有時候也會傳訊息來為我打氣：「我已經當了生活的逃兵，可是你不要放棄。扛下去，會好起來的。」

我彷彿不是一個人在戰鬥，是帶著朋友們的希冀和期待，與未來貼身肉搏。他們有的在我前方引路，有的在我後方為我加油。

每個人的生命裡都有他自己，可也不僅是他自己，而是無數鼓舞和告慰融合出的力量，綿延到血脈中，變得羽翼豐滿的自己。

如果沒有遇見這些朋友，我本是一條小河；可是這些遇見，讓我想要成為大海。找到方向的河流是生生不息的。

我相信我，也會像一條想要匯入大海的小溪一樣，曲曲折折，但生生不息。

／後記／
我始終在練習一個人

1

二十歲之前的我，極其享受在人群中的感覺，歡愉、熱鬧，與大家推杯換盞，喝下了生活的孤獨，打個嗝，吐出來的都是重若千斤的情義。不僅吃飯上課要搭著肩走成一排，連去逛街都要三五成群。如果回來看到宿舍裡空無一人，就會感到被拋擲荒原的絕望。

朱天心在《二十二歲之前》裡寫：「年輕是和朋友們快樂地一起哭在一個藍天下。」

我哪能想像到獨自一個人去吃飯去逛街，甚至去醫院的場景呢？我不要，不要孤孤單單地活，也不要自欺欺人地享受獨一個的風景，來去自由。

自由兩字，對於青春的上半場來說，像是「諷刺」，意味著我無人同行，也無人可愛，只能與這個世界貼面相抱。

那時候我練習著愛身邊的大多數人，日日相處的閨蜜、提攜幫助我的學長學姐、正派和善的大學導師，唯獨沒有練習愛自己。彷彿「我」的存在，必須要和別人放在一起，發生碰撞，才會浮現出價值和意義。

人哪，雖然都是獨立的個體，但好像從小就習慣抱團取暖。

我不是一個從一開始就知道自己想要什麼的、勇敢自信的女孩，我經歷了大多數人青春期都有的迷茫和從眾；我也曾像一個提線木偶一樣輕率隨意地就把自己的那根線交給了別人，朋友或是戀人，父母或是老師，活得晃蕩搖擺。

這一切是從什麼時候開始改變的呢？

或許是從自己第一次主動爭取到報社的實習機會時，我開始對自己的未來有了模糊的概念，比起學術上的鑽研，我更喜歡職場中的歷練和體驗。

或許是從大三暑假第一次來北京實習開始，我經歷了自己租房，被地鐵煉獄折磨得心力交瘁，在小胡同裡吃著一碗熱湯麵覺得未來可期。人就是在摸索中看清楚了自己的重心慢慢發生了移動。

或許是從全宿舍都在熬夜准備考研究所，我卻獨自做著人生第一份正式的履歷時，突然清醒地意識到：人生的路並沒有好壞之分，更重要的是，我要勇敢邁出一步，試探著往前走一走，哪怕這條路上只有我自己，哪怕往日的好友同伴都更嚮往另一條路，我也要去走我真正心儀的路。

於是，我坐在宿舍的折疊小桌子前，把履歷寄給了徵才網站上的那個信箱。一份工整的履歷，附上一封八百字的自薦信，寫了自己從哪裡知道了這家公司，為什麼想去他們公司上班，自己有什麼優勢。這封信寫得誠懇又忐忑，彷彿把一個光溜溜的自己交付了出去。

想想已然是五年前的事情了，卻能夠在腦海裡提取出細節：自己是如何在午睡時接到了通知面試的電話，一個人如何左拐右撞才找到了公司所在的辦公大樓，又是如何去舊貨市場為自己挑了一輛穿梭在公司和學校的二手自行車。

那個節點彷彿一個儀式，標誌著我從一個渴望得到他人幫助的少女，決意披荊斬棘，獨自踏上星辰大海的征途，長成為一個清晰感知到自我的成年人。

一晃眼，五年過去，離開上大學的城市已經有三年。現在的我，居住在北京，留著俐落的短髮，做著跟文字相關的職業；多數時間穿梭在公司和租屋處，以及連接兩地的交通系統裡。

剩下的時間，我穿過擁擠的人群去買菜、去健身、去吃飯、去逛街。一個人，不受拘束、隨心所欲。就算在夜深如海的晚上，也能打開音樂，聽著歌寫下一篇又一篇稿子，讀完一本又一本書。

那些深夜裡的喃喃自語，穿越人群中的目光灼灼，從買菜做飯、健身游泳中輕鬆切換的狀態，在一個二十五歲的單身女子身上留下的痕跡是持久的，難以磨滅。

2

這本書是我的第一本書，很多下了班的夜晚，我坐在房間裡一字字敲打著我這些年的過往，從二十四歲寫到了二十五歲，從最初的脆弱猶疑到後來的自信勇敢。

我覺得它是一本成長隨筆集，但也可以看作為一個普通女孩的北漂指南，這裡有我如何對抗日常的孤獨與瑣碎、如何找到生活的樂趣和信心；如何在工作中打怪升級，讓工作變得愈來愈得心應手，也有關於感情的諸多往事和情節，譬如如何與我的家人周旋，在親情和夢想中尋得平衡；如何在友情中得到告慰，如何在愛而不得後看清自己、看清對方，修煉成更為強大的自我。

這裡面有熱氣騰騰的人和事，有我遇見的店很小但依舊收拾得很體面的娜姐，有喜歡看《悟空傳》而從家鄉來到北京成為一名空巢青年的閨蜜晶晶，有心思細膩的小玉和有半夜拿著啤酒冰鎮哭腫眼睛的林小姐，有租著隔間房努力往家裡寄錢的琳琳，還有我人生中很重要的主管兼好朋友Alice，她終於買了房，希望快點請我去做客，以及每天錄音賺房租的小茵；還有，最終像桃子一樣離開北京的那些好朋友。

在這座城市裡，我們從南城走到北城，從東城奔向西城；我們相聚，我們別離，在彼此的生命中照見留下和離開的意義。謝謝你們陪我成長，教會我勇敢。

每一次從外地回到北京時，我都會有那種心撲通跳的感動，這是一個從我二十二歲來了之後，帶給我一切的城市：自信、底氣、熱愛，以及努力就會得到回饋的決心。

我翻微博的時候突然看到自己寫過一句：「在王城中好藏身，他人不必道我是心中有夢的屠龍少女。既包容自己的無知，也包容自己的意氣，這裡是北京。世界盡頭是北京。」

我曾經問過自己，這樣一本太過於私人體驗的書對大家來說是否有價值，這本書裡的我，沒有那麼慘，但也沒有實現逆襲，我就像千千萬萬個你會在城市街頭擦肩而過的女孩，把這個城市的春夏秋冬扛在了肩上，走過了一季又一季，然後比期待中變得愈來愈好，愈來愈開闊了。

這本書並不完美，但我已經奉獻了自己所有的真誠，我希望它可以成為你們生活中的一點微光，於四下無人的夜裡、於將哭未哭的瞬間，穿過千山萬水，去擁抱你，為你分享另一種聲音。

我要感謝我的爸爸媽媽在不那麼理解我的時候給我自由，感謝我的好朋友陶瓷兔子給我信心，感謝采銅老師給過我的些許指導，讓我格外受益。感謝我的諸多朋友在我初稿時給出的中肯建議，在我懷疑自己的時候給我很多鼓勵；感謝驚池文化對我文字的欣賞，感謝我的編輯雨鑫，我們在成書過程中並肩作戰、互相讚美，給了對方很大信心。

那些與我一樣正在大城市漂泊的人，如果你仍舊對這個城市，對自己的未來充滿期待，哪怕披荊斬棘、殺敵無數、淚流滿面、腥風血雨，也請勇敢快樂地走下去吧。

七天路過

二〇一八年五月七日晚

在孤獨的日子裡，我選擇不當過客

給曾經或正在漂泊的你

作者　七天路過
執行編輯　顏妤安
行銷企劃　李雙如
封面設計　謝佳穎
版面構成　賴姵伶
發行人　王榮文
出版發行　遠流出版事業股份有限公司
地址　臺北市南昌路 2 段 81 號 6 樓
客服電話　02-2392-6899
傳真　02-2392-6658
郵撥　0189456-1
著作權顧問　蕭雄淋律師
2020 年 3 月 31 日　初版一刷
定價新台幣 280 元

ISBN　978-957-32-8728-5
遠流博識網 http://www.ylib.com E-mail: ylib@ylib.com
（如有缺頁或破損，請寄回更換）

國家圖書館出版品預行編目 (CIP) 資料

在孤獨的日子裡，我選擇不當過客：給曾經或正在漂泊的你 / 七天路過著 . -- 初版 . -- 臺北市：遠流，2020.03
面；　公分
ISBN 978-957-32-8728-5(平裝)
855　　109001371